Nebel Leben

Uwe Garnitz

Nebel Leben

Bibliografische Information der Deutschen Nationalbibliothek:
Die Deutsche Nationalbibliothek verzeichnet diese Publikation in
der Deutschen Nationalbibliografie; detaillierte bibliografische Daten
sind im Internet über < http://dnb.d-nb.de > abrufbar.

Umschlagentwurf: Ralf Gerski, Grafik Design, Dortmund
Satz, Herstellung und Verlag: Books on Demand GmbH, Norderstedt

ISBN: 978-3-8334-7656-3

Für Noelle

Inhalt

Blumberg	9
Das andere Ufer	23
Das Nachbarhaus	37
Der alte Förster und die Tanne	45
Der fleißige Gärtner	53
Der Hausbesuch	59
Der Igel	67
Falsch verbunden	71
Hannes, der Leuchtturmwärter	83
Patient Fuhrmann	95
NEBEL – LEBEN	101

Blumberg

Die kleinen grauen Gummireifen geben ein knirschendes, leise pfeifendes Geräusch von sich, wenn die Betten über den blank gebohnerten Boden geschoben werden. Muss man die schweren Eisengestelle um eine Ecke bugsieren, quietschen sie etwas lauter. Es scheint, als drohten die Räder für kurze Zeit am Linoleum festzukleben, um sich dann sofort wieder mit Geächze und widerwillig loszureißen. Der schmucklose lange Gang hat keine Fenster, nur am Ende des lindgrün gestrichenen Korridors lässt eine große Milchglastür etwas Licht hindurch. Es riecht nach Desinfektionsmitteln und Bohnerwachs. Vereinzelt stehen im Gang leere Betten. Neben dem Schwesternzimmer versperrt ein Rollwagen mit Wasserflaschen und Gläsern eine hellgraue Tür mit der Aufschrift: Nur für Personal. Direkt daneben ein weiterer Teewagen mit einem großen silbernen Teespender, Teller und Tassen.

Auf der Station 7b herrscht reges Treiben, Schwestern in blauer oder weißer Kleidung huschen über den Gang.

Von Zeit zu Zeit leuchtet über den Zimmertüren ein rotes Licht auf – gleichzeitig ertönt im Schwesternzimmer ein heller Piepton.

Schräg gegenüber, im Wartezimmer, sitzen einige

9

Patienten und blättern, mehr oder weniger konzentriert, in bunten Illustrierten. Wie auf der gesamten Station auch hier Neonbeleuchtung, nur in der Ecke wird ein großer rechteckiger Blumenkübel mit Speziallicht versorgt.

Heute, Montag, hat der Chefarzt Sprechstunde. Neben der Tür, die gleich vom Wartezimmer aus in das Sekretariat des Arztes führt, hängt sein Schild: Chefarzt Prof. Dr. med. Rolf Uhlmann. Internist – Hämatologie, und die Sprechzeiten.

Unter den Wartenden sitzt auch ein älterer, korpulenter Herr mit lang getragenem, welligem grauem Haar und einer dicken runden Nickelbrille. Er trägt eine grüne grobe Cordhose und ein weißes Poloshirt. Dazu passend braune Schuhe. Seine beige Lederjacke hat er über den Stuhl gelegt.

In aller Ruhe verfolgt er aufmerksam das geschäftige Tun der Schwestern und Krankenpfleger, während er die Zeitung auf seinem Schoß mechanisch umblättert, ohne sie zu lesen. Schnell hat er herausgefunden, wer die Stationsschwester und wer Schwesternhelferin ist, wer noch in der Ausbildung und wer schon fertige Krankenschwester ist.

Oberschwester Agnes lehnt sich aus der Tür des Schwesternzimmers. »Sabine, Sabine!«, ruft sie in den Gang, sich nach beiden Seiten umschauend. »Sabine, kommen Sie bitte mal!«

Eine kleine, zierliche, noch sehr junge Schwesternhelferin kommt angelaufen. »Ja bitte? Was soll ich tun?«, fragt sie freundlich.

»Geh doch bitte mal zu dem Patienten in Zimmer 21,

10

aber schnell, schnell, gleich ist Chefvisite!«, ordnet die Stationsschwester an.

»Ist der denn wieder da?«, fragt die Kleine erstaunt. »Ist der nicht am Freitag entlassen worden?«

»Von wegen entlassen worden!«, entrüstet sich die Oberschwester. »Getürmt ist der, ohne ärztliche Erlaubnis, das heißt sogar gegen ausdrücklichen ärztlichen Rat.«

»Ohne zu unterschreiben?«

»Schwester Christa hatte am Freitag Dienst«, erklärt Schwester Agnes. »Sie sagte, er wäre wie der Blitz an ihr vorbeigesaust, und als sie ihn hat aufhalten wollen, hätte er nur gelacht und gesagt, was sie denn wolle, sein Arzt hätte ihn persönlich entlassen, alle seine Blutwerte wären wieder in Ordnung.«

Ungläubig starrt die Schülerin ihre Vorgesetzte an: »Sie meinen, Dr. Knecht hat den Herrn Pielkert entlassen?«, fragt sie, »in dem Zustand?«.

»Nun red nicht so lange!«, herrscht die Oberschwester sie an. »Geh und hilf dem Patienten, sich wieder menschenwürdig herzurichten. Hilf ihm, sich die Zähne zu putzen und so weiter. Heute Morgen kam er hier in einem ziemlich desolaten Zustand an, für mich hatte er heute Morgen noch eine Fahne. Und lüfte das Zimmer ordentlich, nicht dass es noch nach Alkohol riecht!« Die Schwester schüttelt den Kopf. »Wird sowieso ein Riesentheater geben«, fügt sie hinzu, »wenn das der Chef erfährt.«

Sabine kann sich ein leichtes Grinsen nicht verkneifen, dreht sich schnell um und verschwindet in dem Zimmer 21.

Auch dem dicken Mann im Wartezimmer huscht ein Lächeln über das Gesicht. Er hat das gesamte Gespräch verfolgt.

Nach einer gewissen Zeit kommt Sabine wieder aus dem Zimmer des Patienten Pielkert, rennt ins Schwesternzimmer und krümmt sich vor Lachen. »Der ist ja vielleicht gut drauf«, prustet sie, »kann die Zahnbürste kaum halten, aber versucht, mir was von Liebe zu erzählen.«

Die Oberschwester dreht sich zu ihr um und sagt ernst: »Das Blutbild von heute Morgen ist eine Katastrophe, eigentlich ... na ja, du weißt schon.«

»So schlimm?«

»Schlimmer«, antwortet Agnes.

»Er hatte am Wochenende Geburtstag, wussten Sie das?«

»Nein, das wusste ich nicht.« Die Krankenschwester geht an den Karteischrank und holt sich die Karteikarte des Patienten Pielkert.

»Ja, hier«, liest sie vor, »am 19. 4. 1922, in Paderborn. Das war am Samstag, dann ist er ja 85 geworden.«

»Wird wohl ein bisschen gefeiert haben«, schmunzelt Sabine. »Er hat erzählt, sogar seine Kinder aus Australien seien gekommen, mit allen Enkelkindern und Urenkeln. Die Kinder hätten ihm eine wunderschöne Geburtstagsfeier bereitet. Der Pfarrer sei vorbeigekommen und sein alter Hausarzt, alle hätten gratuliert. Mit seinem Hausarzt sei er schon ziemlich lange, ja, fast befreundet, hat er erzählt.«

Sabine schaut bedrückt und traurig ihre Oberschwester an. »Er ist doch jetzt so glücklich, und Sie sagen ...«

»Nun warte doch mal die Visite ab, mein Kind«, tröstet Schwester Agnes, »gleich ist Chefvisite.«

Als sich die Tür des Sekretariats von Prof. Uhlmann öffnet, ist das Wartezimmer bis auf den dicken Herrn mit der grünen Cordhose leer.

Wortlos geht der Chefarzt an ihm vorbei zum Schwesternzimmer. Hinter ihm seine beiden Assistenzärzte. Einer von ihnen, ein hoch aufgeschossener hagerer Blonder mit an den Seiten kurz geschorenen Haaren ist immer einen Schritt vor dem Professor, um die Türen aufzuhalten.

»Guten Morgen, Oberschwester«, grüßt der Chefarzt. »Dann wollen wir mal. Etwas passiert am Wochenende?«

»Guten Morgen, Herr Professor«, gibt Agnes zurück.

Die beiden kennen sich schon seit vielen Jahren, trotzdem haben sie ihre Umgangsformen unverändert beibehalten, kühl, sachlich und distanziert. Nur Eingeweihte wissen, dass sich zwischen ihnen ein enges Vertrauensverhältnis entwickelt hat.

Schwester Agnes tritt einen Schritt auf den Chefarzt zu und fasst seinen Unterarm: »Allerdings, es ist etwas geschehen. Wir alle können uns das auch nicht erklären.«

Erschrocken weicht der Professor zurück: »Was ist ...«

»Nein, halt«, fällt ihm Agnes ins Wort, »nichts Schlimmes, keine Tragödie. Nur, dass der Patient von Zimmer 21, der Herr ...«

13

»Ist er ...?«

»Nein, Herr Chefarzt«, Schwester Agnes versucht, sich Gehör zu verschaffen, »ist er nicht.«

»Na ja«, seufzt der Arzt erleichtert, »ich dachte, bei dem desolaten Blutbild ...«

»Klares, eindeutiges Bild«, meldet sich da der große blonde Assistenzarzt zu Wort, »einer fulminant verlaufenden Form einer akuten mieloiden Leukämie.«

Oberschwester Agnes zupft wieder am Kittel des Professors und zieht ihn näher zu sich heran.

»Dem Herrn Pielkert geht es scheinbar erstaunlich gut. Er hat der Schülerin Sabine heute Morgen sogar etwas von Liebe erzählt.«

»Was um Himmels willen ist passiert?«

Zögernd fährt die Oberschwester fort: »Er ist heut in der Früh erst wiedergekommen.«

Der Chefarzt verzieht verständnislos das Gesicht: »Wie bitte, was reden Sie da?«

»Der Patient, von dem wir reden«, berichtet jetzt unbeirrt die Stationsschwester, »ist am Freitagnachmittag, wie er selbst erzählt, von seinem Arzt als geheilt entlassen worden und nach Hause gegangen.«

Der Chefarzt läuft vor Zornesröte an: »Schwester Agnes, jetzt reicht's! Wenn wir uns nicht so lange kennen würden, könnte ich jetzt sagen, Sie spinnen; da wir uns aber so lange kennen, tue ich es jetzt auch: Sie sind verrückt geworden! Der Patient Pielkert ist wissenschaftlich gesehen schon, na ja, Sie wissen schon ...« Dann dreht er sich außer sich vor Wut zu seinen Assistenzärzten um: »Wer von Ihnen hatte am

14

Wochenende Dienst? Wer hat Herrn Pielkert in diesem Zustand entlassen?«

Der große Blonde tritt einen Schritt vor und beugt sich zu seinem Chef hinunter: »Ich, ich hatte Dienst, Herr Professor, aber ich versichere Ihnen, ich habe Herrn Pielkert auf keinen Fall entlassen – nicht in jenem desolaten Zustand.«

»Wer dann?«, faucht der Chefarzt. »Wer dann?« Er wendet sich seinem zweiten Assistenten zu: »Sie, Schubert? Kann mir nicht vorstellen, dass Sie derart verantwortungslos handeln würden!«

Da mischt sich Dr. Knecht, der hagere Blonde ein: »Eindeutig ein Fall von präterminaler halluzinatorischer Psychose. Was meinen Sie, Herr Professor?«

Der Professor schnellt herum, und in seinen halb zusammengekniffenen Augen funkelt es: »Seien Sie still, Knecht!«, faucht er. »Seien Sie endlich still! Verschonen Sie mich mit Ihren eindeutigen Diagnosen. Eindeutig ist nur, dass der Patient Pielkert so viele weiße Blutkörperchen hat, dass man einen ganzen Kontinent damit pflastern könnte.«

Der Arzt versucht, sich zu beruhigen, atmet langsam und geräuschvoll aus. Dann fügt er leise hinzu: »Leider hat er nur noch ein oder zwei rote ...«

Abrupt schiebt er die Oberschwester beiseite und will hinaus. »Und ihr wollt mir erzählen, Herr Pielkert war auf einer Party?« Dann rennt er auf den Korridor.

Stationsschwester Agnes ist direkt hinter ihm. »Er hatte am Samstag Geburtstag!«, ruft sie dem Chef hinterher, »ist 85 geworden!«

Ohne ein weiteres Wort zu verlieren, stürmt der Professor in das Zimmer mit der Nummer 21.

Der Tür direkt gegenüber liegt, wie verloren, in einem zu großen Bett ein älterer Herr, äußerst blass und mit tief liegenden, eingefallenen Augen. »Guten Morgen, Herr Professor«, strahlt er den verdutzten Chefarzt an. »Schön, dass Sie auch noch kommen. Sie wollen mir gratulieren«, lacht er mit zahnlosem Mund, »stimmt's? Der Pfarrer und mein Hausarzt haben mir auch schon gratuliert. Aber da war ich noch zu Hause. Meine Kinder sind alle gekommen, sogar aus Australien, und die Enkel und Urenkel. Jetzt raten Sie mal, wie alt ich geworden bin!«

Der Chefarzt versucht, die Fassung wiederzugewinnen: »Herr Pielkert, von ganzem Herzen gratulieren mein gesamtes Team und ich Ihnen zum 85. Geburtstag.«

»Toll, wie Sie das alles wissen!«, strahlt der alte Mann und fügt freudig hinzu: »Wenn nicht noch im rechten Moment mein Arzt gekommen wäre, um mir zu sagen, dass ich wieder gesund sei und zum Wochenende nach Hause dürfe, wäre die ganze Feier geplatzt.«

»Wer hat Sie ...?«, will der Professor fragen, aber der Patient Pielkert lässt ihn nicht zu Wort kommen.

»Stellen Sie sich alle meine Enkelkinder vor, und die Urenkel, ich sag Ihnen ganz ehrlich, Herr Professor, ich kenn sie alle gar nicht mit Namen. Ich hab immer nur ‚meine Kleinen‘ gesagt, ist gar keinem aufgefallen ...«

»Lieber Herr Pielkert ...«, tastet sich der Arzt vor.

Abermals wird er unterbrochen: »Die ganze schöne

Feier wäre ins Wasser gefallen, wäre da nicht mein Arzt gekommen.«

»Welcher ...?«

Aber der Alte fährt unbeirrt fort: »Ist ja auch schon fast mein Freund geworden, kennen uns jetzt bald 30 Jahre.«

Der Chefarzt wird nun einfach lauter: »Wer ist denn der Arzt, der Sie nach Hause geschickt hat? War es einer von uns?«

»Nein – nein!«, kommt es da lang gezogen aus den Kissen. »Nein, von euch war das keiner. Für euch bin ich doch schon, wie ihr sagt, »wissenschaftlich tot.« Und wenn am Freitagnachmittag nicht mein Freund gekommen wäre ...« Der alte Patient schlägt in einer verzweifelten Geste die Hände vor dem Gesicht zusammen. »Können Sie sich vorstellen, was aus der schönen Geburtstagsfeier geworden wäre? Aber er hat nur gesagt: »Friedrich, wissenschaftlich oder nicht, das Blutbild ist doch in Ordnung. Und wenn du nur noch ein einziges rotes Blutkörperchen in deinen Adern hast, geh nach Hause.«

»Wer hat das gesagt?«, fragt da unversehens die Schwesternschülerin Sabine und nimmt die Hand des Alten. »Sagen Sie uns doch, wer ist Ihr Freund?«

Der alte Pielkert sieht Sabine mit strahlenden Augen an: »Mein Arzt, Dr. Blumberg, mein Hausarzt. Hatte ich das nicht schon gesagt?«

Wie vom Blitz getroffen durchzuckt ein gewaltiger Schlag den zu Stein erstarrten Körper des Professors. Er wankt und schaukelt, als stünde er auf einem Schiff bei rauer See. Oberschwester Agnes versucht, ihn zu

17

stützen, und führt seine Hand an das Geländer des Bettgestells.

»Rolf«, flüstert sie, »um Gottes willen, Rolf, was ist mit dir?«

Aus dem Gesicht des Professors ist sämtliche Farbe gewichen. Schneeweiß starrt er in das besorgte Gesicht des Patienten Pielkert.

»Herr Professor«, fragt der unruhig, »ist Ihnen nicht gut?« Und zu den Umstehenden gewandt, ruft er: »Nun tut doch etwas, holt einen Arzt!«

»Geht schon, geht schon wieder, Pielkert«, schnauft der Chefarzt und atmet mehrmals schwer und tief ein und aus. »Was haben Sie da gesagt, Herr Pielkert?«, fragt er und versucht weiter, seine Haltung wiederzufinden. »Habe ich das richtig verstanden, dass Dr. Blumberg ihr Hausarzt ist? Und Dr. Blumberg war es auch, der Sie am Freitagnachmittag nach Hause geschickt hat?«

»Ja sicher, sag ich doch, wenn er nicht vorbeigekommen wäre, dann hätten die Kinder aber ein langes Gesicht gemacht, so ohne Geburtstagsfeier ...! Und schön war natürlich, dass er dann auch selbst noch mitgekommen ist, zum Feiern. Verträgt auch ganz gut was, der Doktor.«

Professor Uhlmann scheint äußerlich wieder etwas gefasster: »Wenn ich Sie jetzt richtig verstanden habe, hat Dr. Blumberg Ihnen nicht nur gesagt, Ihre Blutwerte seien in Ordnung, und Sie nach Hause geschickt, sondern hat auch den Abend bei Ihnen verbracht und mit Ihnen gefeiert, ist das richtig?«

»Das ist doch nett, nicht?«, lacht der alte Patient von

Zimmer 21. »Wo wir uns doch schon so lange kennen, fast richtige Freunde sind wir geworden, der Dr. Blumberg und ich.«

Mit einem gequält freundlichen Lächeln verabschiedet sich der Professor von Herrn Pielkert, reicht ihm die Hand und wünscht: »Und nochmals alles, alles Gute, auch im Namen meines Teams.« Dann verlässt er mit gesenktem Haupt das Zimmer mit der Nummer 21 und steuert fluchtartig sein Privatzimmer an. Die Schwestern und die beiden Assistenzärzte staunen ihm verdutzt hinterher.

Nur Schwester Agnes wagt es, hinter ihm herzugehen, und klopft an seine Tür.

»Komm nur herein, Agnes«, sagt der Professor und scheint erleichtert.

»Rolf, was ist mit dir?«, fragt Agnes leise. »So hab ich dich in all den Jahren nicht gesehen. Was hast du?«

Uhlmann wendet ihr unverblümt sein verzerrtes Gesicht zu. »Das sieht ihm ähnlich, dem Blumberg«, versucht der Chef sich zu beherrschen, »der war schon immer so, auch auf der Uni. Ein Störenfried und Querdenker!«

»Von wem redest du, Rolf? Wer ist dieser Dr. Blumberg?«

»Volker Blumberg, Dr. med. V. Blumberg, ist ein alter Kommilitone von mir«, erzählt der Professor, »Uni Heidelberg. In letzter Zeit ein von mir mehr oder weniger geschätzter niedergelassener Kollege hier in der Stadt, hat immer seine eigenen seltsamen Ansichten.« Der Professor hält inne, es fällt ihm schwer zu reden. Dann räuspert er sich. »Und jetzt halt dich gut fest«,

19

presst der Chefarzt nur mühsam heraus, »halt dich gut fest: Freitagnachmittag, gegen 15 Uhr, ist hier in unser Haus ein Notfall eingeliefert worden. Ist sofort zu den Kardiologen verlegt worden – ausgedehnter Hinterwandinfarkt. Stent war nicht mehr möglich, bei dem Versuch, einen Bypass zu legen, ist er dann verstorben: Blumberg!«

»Wie, wie ist das möglich?«, stottert Oberschwester Agnes. »Das ist doch unmöglich, das gibt's doch gar nicht!«

»Rein wissenschaftlich gesehen ...«, lacht der Professor dazwischen. »Bei Blumberg ging das alles!«

Schwester Agnes blickt verwirrt auf den kleinen Couchtisch, als plötzlich, ohne vorheriges Anklopfen, wüst die Tür aufgerissen wird.

»Herr Professor«, keucht Assistent Dr. Knecht, »Entschuldigung, aber ein Notfall – Zimmer 21, Herr Pielkert, ich glaube, er ...«

»Natürlich ist er ... Das ist kein Notfall, Knecht, das ist rein wissenschaftlich kein Notfall, das ist einfach so.« Der Chefarzt ist aufgesprungen und steht mit zitternden Knien vor dem großen hageren Blonden. Er faucht wie eine Wildkatze: »Und außerdem soll sich doch Dr. Blumberg darum kümmern!« Er stößt den Assistenzarzt grob beiseite und stürzt aus dem Zimmer.

Verstört blickt Dr. Knecht Schwester Agnes an. »Was ist denn mit dem los? Und was mach ich jetzt mit dem Pielkert?«

»Ich komm schon«, antwortet die Stationsschwester, »ich mach das schon. Füllen Sie den Schein aus.«

20

Wenig später wird ein schweres Eisenbett aus Zimmer 21 geschoben. Die Gummiräder quietschen, als reibe man mit einem Radiergummi auf einer Glasscheibe. Das Bett ist zugedeckt. Während Schwester Agnes es den lindgrün gestrichenen Korridor entlangschiebt, klingelt das Telefon im Schwesternzimmer. Sie stellt das Bett kurz vor das Wartezimmer von Professor Uhlmann und rennt ans Telefon. Der Herr mit dem etwas längeren grauen Haar und dem weißen Poloshirt sitzt immer noch im Wartezimmer.

Jetzt steht er auf und tritt leise an das Bett. Behutsam zieht er das Laken herunter.

»Was machen Sie denn hier, Doktor?«, tönt es ihm da fröhlich entgegen. »Schön, Sie zu sehen, Doktor Blumberg!«

Der Patient Pielkert liegt völlig angekleidet auf seinem Bett, richtet sich nunmehr langsam, aber geschmeidig auf.

»Wieso sind Sie hier?«

»Ach, nur so«, antwortet Dr. Blumberg, »war auch gerade hier in der Nähe ...«

Das andere Ufer

Jeder hatte Hein gekannt. Jahrelang, Tag für Tag war man mit ihm von einem Ufer des Flusses zum anderen gefahren. Es war kein sehr breites Gewässer, doch benötigte man für eine Überfahrt mehr als eine Dreiviertelstunde. Und der alte Kapitän Hein kannte fast alle seine Passagiere. Er war ein verschwiegener, wortkarger Mann, immer eine Pfeife im Mundwinkel und ein verschmitztes Lächeln auf den Lippen. Seine wenigen schneeweißen Haare lugten wild, vom Wind zerzaust, unter einer Kapitänsmütze hervor. Im Laufe der Zeit hatten viele der Fahrgäste mit Hein ein freundschaftliches Vertrauensverhältnis aufgebaut. Während der Überfahrten erzählten sie ihm so manche Geschichte, auch ihren Kummer und ihre Sorgen. Bei Hein waren Geheimnisse gut aufgehoben; man wusste, der alte Mann plapperte nie etwas weiter. So wusste Hein von jedem etwas, manchmal mehr als die jeweiligen Ehefrauen bzw. Ehemänner. Er setzte die Passagiere in einem in die Jahre gekommenen Kahn über, ein altes Holzboot mit einer Wohnkajüte. Nur Hein sagte »Fähre« zu dem Boot. Er lenkte das Boot von Ufer zu Ufer und wieder zurück, hin und her, und das dreimal am Tag. Er selbst stieg fast nie aus. Weder auf der einen noch auf der anderen Seite. Auf jeder Fahrt kamen neue Geschichten und Geheimnisse

23

hinzu. Das Einzige, was die Menschen von dem alten Hein wussten, war, dass er vor langen Jahren wohl auf einem großen Schiff gefahren war. Manchmal erzählte er – und bekam dabei leuchtende Augen –, wie viele ferne Länder er gesehen hätte und wie viele fremde Häfen er angelaufen war: »Was glaubt ihr, wer ich bin?«, lachte er dann. »Ich bin ein Hochseekapitän, ich habe die halbe Welt gesehen, riesige Städte – nicht nur eure kleinen Städtchen! Ich habe den Ozean bezwungen, die großen Meere beherrscht, nicht nur so etwas wie dieses kleine Flüsschen!«

Reisende, die ihn schon lange und gut kannten, fragten zuweilen, ob er es sich nicht vorstellen könne, an Land zu kommen. Man bot ihm günstige Wohnungen an, versuchte, ihm das Leben an Land so reizvoll wie möglich zu schildern.

Andere hatten Mitleid mit dem alten Mann, der bei Wind und Wetter draußen seinen Dienst versah.

»Hein, kommen Sie«, klopfte ihm einer der Passagiere auf die Schulter, »kommen Sie mit an Land, ich gebe einen steifen Grog aus.«

Aber Hein winkte nur ab: »Muss wieder rüber!«

Oft passierte auf der Rückfahrt das gleiche Spiel, man lud ihn ein, mit an Land zu kommen, nur um sich aufzuwärmen, er aber lehnte dankend ab: »Muss wieder ans andere Ufer!«

Sobald er die Halteleinen gelöst und wieder eingeholt hatte, ging es ihm besser. Erst auf dem Wasser fühlte er sich unbeschwert, konnte frei durchatmen. Am schönsten waren für Hein spätabends die Nachtfahrten, wenn kein Passagier mehr mit auf dem Boot

24

war. Es herrschte Stille an Bord, und der alte Kapitän schaute hoch zu den Sternen. Er hatte noch gelernt, nach ihnen zu navigieren und so die Route zu bestimmen; heute gab es dafür Computer, wie GPS und Ähnliches.

Hein ging auch nachts nicht von Bord. Er schlief und aß auf seinem alten Kahn. Die Kajüte war ausgebaut mit Kochecke und Schlafstelle. An der Außenwand stand ein Holzofen. Selbst im kältesten Winter war es seinen Freunden nicht gelungen, ihn dazu zu bewegen, an Land zu kommen. Es waren Freunde und Bekannte von beiden Seiten des Flusses, die Hein in ihr Herz geschlossen hatten. Alle sahen, dass es mit dem alten Mann nicht mehr lange so weitergehen konnte. Er war nicht mehr der Jüngste. Fast entstand insgeheim ein Wettstreit, welches der beiden Städtchen, links oder rechts des Flusses, es schaffen würde, den alten Brummbären umzustimmen und ihn an Land zu ködern.

Wenn es dann draußen schneite und stürmte, die Wellen tosten, der Fluss in Aufruhr war, dann lag Hein auf seinem Boot, in der Kajüte nah am Ofen, tief in Decken gehüllt, schmunzelte vergnügt vor sich hin und freute sich an dem Gedanken, dass sich beidseits des Flusses, an beiden Ufern, die Menschen um ihn Sorgen machten. Mit dem Gefühl, wohlbehütet und umsorgt zu sein, schlief er ein.

Ganz selten, höchstens zwei- oder dreimal im Jahr, ging Hein dann aber trotzdem von Bord. Nur spätabends, wenn kein Fährbetrieb mehr war. Dann hängte er ein Schild an das Seil, welches die Fährstelle abtrennte: »Komme gleich wieder.«

Man wusste dann im Allgemeinen, wo man ihn treffen konnte. Er war üblicherweise bei seinem Freund Knut, Gastwirt der Schänke »Zur alten Fähre«, eingekehrt.

»Schön, dass du mal wieder hereinschaust«, begrüßte ihn Knut.

Hein brummte irgendetwas Unverständliches und setzte sich auf einen der Barhocker an die Theke. Er schaute geduldig zu, wie sein Freund die anderen Gäste bewirtete. Erst als alle Gäste gegangen waren, hatte der Wirt Zeit und setzte sich zu seinem alten Freund.

»Hast du was auf dem Herzen?«, fragte er. »Komm, trink ein Bier.«

Er schob ihm ein frisch gezapftes Bier zu, stützte die Ellenbogen auf den Tresen und schaute Hein an.

»Du hast doch was! Magst du reden? Mit dir ist doch was!«

Hein saß unbeweglich dort und starrte auf sein Bierglas. Langsam schob er es ein wenig nach links, nahm dann den Bierdeckel hoch und legte ihn umgekehrt wieder auf den Tisch. Dann stellte er das Glas wieder auf den Deckel.

»Siehst du«, grinste er seinen Freund an, » wie einfach das ist? Eigentlich völlig gleich, auf welche Seite des Bierdeckels ich das Glas stelle.« Dann prostete er Knut zu und nahm einen tiefen Schluck aus seinem Glas: »Hauptsache, der Inhalt stimmt!«

»Versteh ich jetzt nicht«, wunderte sich der Wirt. »Schmeckt dir mein Bier nicht mehr, oder was?«

»Du zapfst das beste Bier der Welt«, beschwichtigte ihn Hein. »Es ist der Deckel, der nicht stimmt.«

»Hast du was gegen meine Bierdeckel?«

Hein ergriff den Unterarm des Wirts: »Versteh doch – auf welche Seite des Bierdeckels soll ich das Glas stellen? Das wollte ich fragen.« Und leiser fügte er hinzu: »Hast du auch schon etwas von der neuen Brücke gehört?«

Knut sah den alten Mann betrübt an: »Natürlich habe ich davon gehört. Die wollen eine riesige Betonbrücke bauen, von einem bis zum anderen Ufer. Du weißt, dass du immer zu uns ziehen kannst, wenn es mal mit dem Fährverkehr zu Ende gehen sollte?«

Der alte Hein saß regungslos da und umklammerte schweigend sein Glas.

»Komm endlich von dem alten Kahn herunter und mach dir ein schönes Leben, hier an Land«, versuchte Knut, ihn zu erreichen.

»Und ich habe dich gefragt, auf welche Seite meines Deckels ich mein Glas stellen soll«, erwiderte Hein müde. »Jahrelang fahre ich hin und her, vor und zurück – drehe um, kehre zurück –, mal nach vorn, mal nach hinten. Nur solange ich auf dem Fluss bleibe, lebe ich noch!« Der alte Mann sah den Wirt verzweifelt an: »Ich kann nicht an Land kommen, ihr habt hier nur Anlegestellen, keine Häfen.«

Knut zog resigniert die Schultern hoch. »Du hast recht«, seufzte er, »trotzdem kommt die Brücke. Dann bist du arbeitslos! Willst du in Rente gehen?«

»Du ahnst gar nicht«, sagte Hein leise, »wie oft ich abends in meiner Koje liege und davon träume, in einem richtigen Haus zu wohnen. Ohne das ständige Geschaukel.«

»Und warum lässt du dich dann nicht an Land nieder?«, fragte Knut erneut. »Du könntest sogar bei mir wohnen.«

Hein schob sein Bierglas beiseite und wischte verlegen mit der Hand über den Tisch.

»Wegen Mariechen«, presste er leise durch die Lippen. »Du weißt, die Marie fragt schon lange, ob ich zu ihr ziehen wolle. Du kennst die Marie, von drüben, auf der anderen Seite.«

»Wäre doch auch eine Möglichkeit – oder?«, lachte Knut. »Wir könnten uns trotzdem immer treffen.«

Der alte Hein schüttelte den Kopf. Seine wenigen weißen Haare standen wild durcheinander und umrahmten das furchige, von Wind und Wetter gezeichnete Gesicht.

»Ich weiß nicht«, antwortete er zögernd, »ich kann es mir nicht so recht vorstellen, von meinem Kahn runter und sesshaft werden ... Ich weiß wirklich nicht. Und dann mit Marie, ob das gut ginge?«

»Komm zu mir, sag ich doch!«, fiel ihm der Freund ins Wort. »Ich habe Platz im Haus für uns beide.«

»Da müsste ich ja auch vom Wasser runter«, erwiderte der alte Hein. »Und ob das mit uns so gut ginge – wer weiß.«

Knut verzog verächtlich die Mundwinkel, während er ein frisch gezapftes Bier zu Hein über die Theke schob.

Erst spät in der Nacht verabschiedeten sich die beiden Freunde, und Hein wankte zurück zu seinem Schiff.

Kurz bevor ihm die Augen zufielen, ging ihm noch mal der Vorschlag seines Freundes durch den Kopf.

Eigentlich fühlte er sich doch auf dem alten Kahn wohl. Warum an Land ziehen, zu den Menschen? Im Grunde zog ihn weder das eine noch das andere Ufer an.

Und mit dem Gedanken, auf dem Wasser zu bleiben, schlief er tief und fest ein. Im Traum sah er sich auf seiner Fähre hin und her, von einem Ufer zum anderen fahren. Auf beiden Seiten standen unzählige Menschen. Sobald er sich einem der Ufer näherte, sah er sie größer und größer werden. Einige winkten ihm freundlich zu und gaben Zeichen, er solle zu ihnen an Land kommen. Andere hingegen fuchtelten wild mit den Armen und drohten ihm mit geballten Fäusten.

Alle schienen etwas zu schreien, er konnte aber nicht eine einzige Silbe verstehen. Die bösen Grimassen jagten ihm Angst ein, und verunsichert zog er sich zurück, wendete das Boot und fuhr in die andere Richtung. Aber dort passierte das Gleiche. Man winkte und man drohte ihm, nur dass die Menschen noch größer wurden und noch bedrohlichere Fratzen zogen. Sie schienen noch lauter und noch gemeinere Dinge zu schreien, auch wenn man keinen Laut vernehmen konnte.

Entsetzt drehte der alte Kapitän sein Schiff und fuhr zurück, zum anderen Ufer. Dort angekommen, passierte erneut dasselbe Spiel. Und wieder fuhr er zurück, drehte wieder um, fuhr zurück. Die Fahrt wurde immer schneller und schneller, hin und her, vor und zurück, bis er sich schließlich nur noch im Kreis herum drehte. Wie ein Kreisel sauste das Schiff im Kreis und wurde dabei immer schneller. Dem alten Mann wurde schwindelig, und als er sich gar nicht mehr festhalten konnte, als seine klammen Finger keine Kraft mehr hatten, sich an die Reling zu klammern, und seine Füße schließlich keinen Halt mehr fanden und wegrutschten, stürzte er Hals über Kopf über Bord in die eisigen Fluten ...

Klatschnass, in Schweiß gebadet und mit einem lauten Schrei wurde der alte Kapitän wach, setzte sich in seiner Koje auf und starrte entsetzt um sich. Sein Herz raste und der Atem ging schnell. Fast hatte er das Gefühl, es drehe sich in seinem Kopf immer noch. Nur allmählich kam er zur Ruhe. Langsam und mühsam stand er auf und zog sich an.

Als er an Deck kam, standen schon vereinzelt wartende Passagiere am Ufer. Einige grüßten freundlich: »Moin, moin, Hein, endlich aus der Koje gekommen? Bringst du uns rüber?«

Ein fein gekleideter Herr stapfte nervös von einem Fuß auf den anderen und fluchte leise vor sich hin. Laut, an Hein gewandt, wetterte er dann los: »Dauert das hier immer so lange? Es gibt noch Leute, die es eilig haben! Wird Zeit, dass endlich die neue Autobahnbrücke gebaut wird!« Von den Umstehenden trafen ihn grimmige Blicke, andere wiederum stimmten ihm unumwunden zu.

Der alte Hein war bei dem Wort »Brücke« zusammengezuckt, als hätte ihn der Blitz getroffen. In sich gekrümmt machte er sich daran, alle Vorbereitungen zu treffen, um die Passagiere an Bord kommen zu lassen.

Während der Überfahrt gesellte sich ein Passagier zu Hein, der schon jahrelang mit der alten Fähre und mit Hein ans andere Ufer übergesetzt hatte. Die beiden standen eine Weile schweigend nebeneinander, seit Jahren kannten sie sich, und der eine wusste vom anderen so manche Geschichte.

»Denkst du nicht langsam auch an den verdienten Ruhestand?«, wurde Hein gefragt. »Und vor allem jetzt, wenn die neue Brücke gebaut wird. Was willst du dann machen?«

»Ich bleib auf meinem ollen Kahn«, brummte der alte Käpten trotzig. »Was soll ich denn sonst wohl tun?« Und während er dies sagte, ging ihm der Traum der letzten Nacht durch den Kopf.

»Schau, Hein«, sagte der Fahrgast, »du kannst doch bei uns drüben wohnen, ich könnte dir helfen, eine Wohnung zu finden. Die Leute sind doch alle nett bei uns im Städtchen.« Und lachend fügte er hinzu: »Und Mariechen würde sich bestimmt freuen!«

In den folgenden Tagen wurde Hein immer öfter angesprochen, was er denn tun werde, wenn die Brücke fertig sein würde. Dann grinste der alte Mann nur, und man sah die vom Pfeiferauchen braun gewordenen Zähne: »Was soll sein, ihr werdet alle weiter mit mir fahren – oder?«

Dann klopften sie dem Kapitän laut lachend auf die Schulter: »Natürlich, Hein, natürlich tun wir das.«

Auf der Rückfahrt war es die Frau von Knut, die Hein ansprach: »Meinst du nicht auch, es wäre besser für dich, wenn du zu uns ziehen würdest? Knut würde sich so freuen!«

»Ich weiß selbst am besten, was gut für mich ist«, gab der alte Mann barsch zurück. »Aber trotzdem vielen Dank. Ich bleib auf meinem Fluss!«

Er fuhr weiterhin täglich zwischen den beiden Ufern hin und her, und jedes Mal, wenn er wieder abgelegt hatte, überkam ihn ein wohltuendes Gefühl der Befreiung. Am wohlsten fühlte er sich in der Mitte des Flusses, von beiden Ufern gleich weit entfernt.

Die nächsten Monate wurden hart für Hein. Der Winter war kälter als üblich, und oft lag der alte Mann in seiner Koje, und sämtliche Knochen schmerzten. Dann dachte er an Knut und seine Frau, an das kleine gemütliche Städtchen mit den warmen Wirtsstuben, und an Mariechen, die am anderen Ufer in einem ebenso gemütlichen Städtchen wohnte.

Im Frühsommer war die Brücke fertig. Feierlich wurde sie von beiden Bürgermeistern eingeweiht. Es wurde ein riesiges Fest gefeiert. Hein saß auf seinem Kahn und beobachtete von unten das Treiben auf der Brücke. Viele Leute winkten ihm zu, andere luden ihn ein, doch auch hochzukommen und mitzufeiern.

Er aber saß in seinem Boot und schaute zufrieden lächelnd hinauf. Später kam Knut zu ihm auf die Fähre: »Kommst du nicht auch rauf? Alle Leute warten auf dich, würden sich bestimmt freuen, wenn du hochkämest. Los, komm schon, komm mit hoch!«

Als Hein keinerlei Anstalten machte, sich zu erheben, um mit auf das Fest zu gehen, wandte sich der Freund grußlos um und stieg die steile Treppe hinauf auf die neue Brücke.

Erst einige Zeit später kam ich zufälligerweise in jene Gegend und kehrte im »Hotel zur Fähre« ein. Während ich auf mein Essen wartete, wurde ich ungewollt Zeuge eines Gesprächs. Zwei offenbar Ortsansässige standen am Tresen und unterhielten sich.

»Ist schon merkwürdig«, sagte der eine, »seit die neue Brücke da ist, kommt kein Mensch mehr rüber – so etwas nennt man Grenzfluss!«

Ich stand von meinem Tisch auf und gesellte mich zu den beiden Herren.

»Entschuldigung«, sagte ich höflich, »gibt es denn diese Brücke noch nicht lange, ist sie neu?«

Einer der an der Theke Stehenden drehte mir unwirsch sein Gesicht zu: »Nee, die gibt's noch nicht lange!«

»Und wie«, fragte ich nach, »gelangte man früher nach drüben, an das andere Ufer und in die andere Stadt am anderen Ufer?«

Der andere drehte sich nun vollends zu mir um: »Sie sind wohl fremd hier, stimmt's? Hier hat es früher mal eine Fähre gegeben, und der alte Hein hat sie jahrein, jahraus über den Fluss geschippert ...«

Ich wurde neugierig und fiel dem Mann spontan ins Wort: »Was ist aus dem alten Hein geworden?«

»Tja, der Hein«, gab der Angesprochene zurück, »der alte Hein hat sich auf einmal aus dem Staub gemacht!« Er sagte dies nicht ohne Unterton der Trauer und der Enttäuschung. »War plötzlich nicht mehr da. Aber wir alle wissen, dass er rüber zu der Marie gezogen ist, drüben, ans andere Ufer. Dem geht's jetzt gut!«

Aus der Küche tauchte plötzlich Knut auf und, unser Gespräch auffangend, fügte er hinzu: »Ja, dem Hein, dem geht's jetzt gut, der ist auf der anderen Seite, am anderen Ufer.«

Am nächsten Morgen fuhr ich weiter, über die neue Brücke. In einem kleinen Zeitungskiosk bekam ich die gewünschte Zeitung, und urplötzlich überkam es mich, nach dem alten Fährmann Hein zu fragen: »Entschuldigung, wohnt hier in diesem Städtchen vielleicht der alte Hein?«

»Was für ein Hein?«, fuhr mich die Verkäuferin an. »Den Fährschiffer-Hein? Den müssen Sie drüben suchen, hat die Marie sitzen lassen und ist zum Knut gezogen! Am anderen Ufer, dem geht's jetzt gut!«

Mit der Zeitung unter dem Arm stieg ich in meinen Wagen und blieb eine Weile, in Gedanken versunken, sitzen, ohne den Motor zu starten. Wo war der alte Kapitän Hein abgeblieben? Ich beschloss, in die lokale Zeitungsredaktion zu gehen und Nachforschungen anzustellen. Erst nach zähen und langwierigen Recherchen fiel mir eine kleine, belanglos scheinende Notiz in die Hände: Eine alte Holzfähre war, nahe der Mündung zum Meer, mitten im Fluss, steuerlos auf eine Sandbank gelaufen. Von der Besatzung fehlte jede Spur.

Im Jahr darauf hatte ich beruflich in Norddeutschland zu tun. Abends stand ich an der Kaimauer eines kleinen Hafens und schaute zu, wie die Schiffe ein- oder ausliefen. Darunter war auch ein altes Fischerboot. Als der Fischer mich sah, winkte er freundlich herüber. Es war ein alter Mann mit Kapitänsmütze. Später, in der Hafenkneipe, traf ich ihn wieder. Er saß an einem der Tische, und ich setzte mich zu ihm. Wir tranken zusammen ein Bier, und der alte Mann erzählte mir mit leuchtenden Augen, er sei ja eigentlich Hochseekapitän.

Das Nachbarhaus

Immer wieder ein verstohlener Blick nach drüben, in den Garten der Nachbarn. Heimlich und versteckt wagte es die alte Martha von Zeit zu Zeit, den Kopf halb schief gelegt, durch die Büsche hindurch auf das Grundstück nebenan zu blinzeln. Jahrelang, ja schon jahrzehntelang, hatte die mittlerweile gekrümmt an einem Stock gehende Frau versucht, etwas auf dem Gelände neben ihrem Haus auszuspionieren. Über die Hecke hinweg, mit einer Leiter, oder durch die Äste und Pflanzen hindurch, die an der Grenze zwischen den beiden Grundstücken standen, hatte Martha, ohne lockerzulassen, immer wieder, sich lautlos anschleichend, versucht, das Geheimnis des Nachbarhauses zu lüften. Sie liebte dieses Haus, und sie hasste es. Und für beides hatte sie keine Erklärung. Das Haus des Nachbarn war riesig. Drei Stockwerke, und auf jeder Etage hatte die alte Frau je acht Fenster gezählt. Wunderschöne hölzerne Fensterläden zierten die Fenster, wurden jedoch zu Marthas Verwunderung nie geschlossen.

Sie begannen langsam zu verwittern, die Farbe blätterte hier und da ab, und einige Scharniere hatten sich gelockert, sodass die Läden schief neben den Fenstern hingen. Im gotischen Stil erbaut, mit viel Stuck und künstlerischen Verzierungen, sah es vornehm und gediegen aus. Sicherlich sehr reiche Leute, die in solch einem Haus wohnten, dachte Martha oft. Aber gesehen hatte sie nie jemanden von ihnen. Nicht ein einziges Mal war es ihr geglückt, einen Bewohner des luxuriösen Hauses zu erspähen. Ehemals leuchtend gelb angestrichen, jetzt ein wenig blass, strahlte das ehrwürdige Haus etwas Majestätisches aus. Martha malte sich, wenn sie sich abends in ihre bescheidene Behausung zurückgezogen hatte, aus, wie es wohl im Inneren des Palastes aussehen würde.

Sie stellte sich weiträumige Säle mit blanken, glänzenden Fußböden vor, auf denen sich die funkelnden Kristalllüster, die von der Decke herabhingen, widerspiegelten.

An den Wänden flackerte das Licht von unzähligen silbernen Kerzenleuchtern, die sanft wunderschöne Fresken beschienen.

Von den Ballsälen, stellte sich Martha immer wieder vor, würde eine breite weiße geschwungene Marmortreppe in die oberen Gemächer führen.

Sie selbst wohnte bei Weitem nicht so luxuriös. Ihr kleines Haus hätte auch in einer Schrebergartensiedlung stehen können. Aber sie hatte einen wunderschönen Garten. Es reichte ihr. Sie wollte zufrieden sein. Was hätte sie mit einem solch großen, pompösen Haus wie dem des Nachbarn anfangen sollen, sagte sie sich fast jeden Abend. Sie hatte sich zumindest alles, was sie hatte, selbst und ehrlich verdient. Niemand hatte ihr etwas geschenkt, und sie hatte niemanden betrügen müssen, um reich zu werden. Wer weiß, dachte sich die alte Frau, ob da drüben alles mit rechten Dingen zuging. Vielleicht würden dort wilde Orgien gefeiert, mit wer weiß was für kriminellem Gesindel. Sie schloss die Augen und sah bildlich vor sich, wie man sich in dem geheimnisvollen Haus nach einer rauschenden Ballnacht mit viel Tanz und Champagner in die zweite Etage begab.

Dort waren die Badezimmer. Jedes aus massivem Marmor, das eine in dezentem Rosa, das andere in feinem Hellblau. Die Badewannen waren so groß wie Swimmingpools und ebenerdig eingelassen. Aus goldenen Wasserhähnen floss warmes, wohlriechendes Wasser, und überall im ganzen Haus verbreitete sich der betörende Duft von Jasmin und Rosenblättern.

Martha war nicht verheiratet, zeit ihres Lebens war sie allein geblieben. Mit anderen Menschen kam sie nicht recht klar – sie zog es vor, allein zu bleiben. Das war nicht immer so gewesen. Früher hätte sie sich schon vorstellen können, mit einem anderen Menschen zusammenzuleben, aber dann war alles anders gekommen. Sie war alt geworden und versuchte, zufrieden zu sein.

Die Frau verschränkte die Arme hinter dem Kopf, legte sich zurück und dachte sich aus, was in der dritten Etage des mysteriösen Hauses vor sich gehen würde. In den geräumigen Schlafgemächern der hohen Herrschaften standen wahrscheinlich große weiche Himmelbetten mit prunkvollen Baldachinen und zahllosen Kissen.

Vor den bis zur Decke reichenden Fenstern hingen schwere samtene Vorhänge, die – mit goldfarbenen Kordeln verziert – kein Licht durchließen. Aber Martha grübelte: Nie hatte sie jemals irgendeine Veränderung an oder in dem Haus bemerkt. Von den schillernden Festen hatte sie nichts mitbekommen, keine Musik, kein Laut war zu ihr herübergekommen. An den Fenstern hatte sich nie etwas bewegt, weder Fensterläden noch schwere Gardinen. Umso mehr reizte es sie, das Geheimnis des Nachbarhauses zu lüften. Und sie wollte wissen, warum jene ein so großes Haus besaßen, schrille Partys feiern konnten und sie nur in einem kleinen Zweizimmerhäuschen hausen musste. Nur ein einziges Mal, in all diesen Jahren, hatte sie es geschafft, genau im richtigen Moment durch die Sträucher und Büsche hindurchzulugen, um gerade noch zu sehen, wie eine große schwarze Limousine vor dem gespenstischen Haus hielt. Ein Mann war aus dem Wagen ausgestiegen, um das Auto herum auf die Eingangstür zugegangen. Er hatte längere Zeit das gesamte Haus eingehend betrachtet.

Dann hatte er sich an der Tür zu schaffen gemacht und war kurze Zeit später schon wieder davongebraust.

Das nächste Mal, nahm sich Martha vor, wenn sich dort jemand sehen ließe, würde sie hinübergehen und irgendetwas fragen, einfach irgendetwas – vielleicht, ob sie eine Hacke ausleihen könnte – oder etwas Ähnliches.

Oder ich frage die Nachbarn, überlegte Martha, ob sie sich nach fast zwanzig Jahren nicht langsam mal vorstellen wollten. Die alte Frau war aufgesprungen und ans Fenster gelaufen. Sie schaute hinaus ins Dunkle. Sie hatte nie ausmachen können, ob die Leute in dem

40

großen gelben Haus nachts überhaupt das Licht anschalteten oder nicht. Sie war sich nicht sicher, aber sie hatte noch nie wirklich gesehen, dass aus einem der vielen Zimmer Licht geschienen hätte. Sicherlich haben die vornehmen Herrschaften ständig die schweren Gardinen zugezogen, dachte sich Martha – wenn sie etwas zu verbergen haben ... »Ich brauche keine Rollläden und keine Gardinen«, lachte sie, »mir kann niemand etwas weggucken, und außerdem bin ich froh, dass ich noch in den Garten schauen kann. Sollen sich die feinen Leute doch im Dunkeln in ihren Gemächern rekeln und ihre langweiligen Bilder an der Wand bewundern.«

Martha war eingeschlafen. Es war ein unruhiger Schlaf und ein verwirrender Traum. Sie träumte von einem wunderschönen jungen Mann, der durch den riesigen glitzernden Ballsaal auf sie zuschwebte und sie zärtlich und sanft in die Arme nahm. Ein anderer Jüngling, reich geschmückt mit Gold und Juwelen, reichte ihr ein Glas Champagner. Dazu spielte die herrlichste Musik. Martha hatte sich in ihrem ganzen Leben noch nicht so wohlgefühlt.

Mit einem Lächeln auf den Lippen wurde die alte Frau am Morgen wach. Seit Langem hatte sie nicht mehr so intensiv geträumt. Jetzt konnte sie sich vorstellen, wie die reichen Herrschaften in dem Palast dort drüben lebten. Für alles hatten sie sicherlich Diener oder Butler, brauchten nicht zu arbeiten. Martha senkte ihr weißhaariges Haupt und sah bedrückt zu Boden. »Was habe ich falsch gemacht?«, fragte sie sich. »Warum habe ich mein Leben lang hart arbeiten müssen, nur um das zu haben, was ich jetzt besitze? Ich habe einen schönen, gut gepflegten Garten, das stimmt«, sagte sie sich, »aber der Garten da drüben ist zehnmal so groß. Mein Haus ist sauber und für mich groß genug, aber im Nachbarhaus sind mindestens zwanzig Räume.« Die alte Frau ging wieder ans Fenster und blickte traurig hinüber in Richtung des großen gelben Hauses. Durch die Blumen und Bäume konnte sie nichts Genaues erkennen. »Da drüben ist also das Leben – das schöne Leben«, sagte sie laut vor sich hin. »Dort liegen all meine Träume und Wünsche – alles, was ich mir immer erwünscht und erhofft, aber nie bekommen habe ...«

Während sie so dastand und mit dem Schicksal haderte, vernahm sie ein Geräusch, ein Motorenbrummen, welches aus der Richtung des Nachbargrundstückes kam. Ein Auto war auf den mit Kies belegten Hof und vor das große Haus gefahren.

Martha durchzuckte es wie ein Stromschlag. Schon seit langer Zeit war niemand mehr in diese Gegend gekommen. Schnell und ohne zu zögern lief die Frau an die Grundstücksgrenze, schob die Zweige und Äste vorsichtig beiseite und spähte hinüber. Vor dem Palast stand wieder eine große schwarze Limousine. Ein gut gekleideter Herr war aus dem Wagen ausgestiegen und hinter dem Eingangsportal verschwunden. Die Tür war wieder verschlossen, nichts tat sich mehr. Alles war wie früher. Aber da stand dieses Auto. Jemand war jetzt in dem Haus.

»Jetzt oder nie!«, durchfuhr es Martha. »Wenn ich jetzt nicht hinübergehe, wer weiß, wann die nächste

42

Gelegenheit kommt. Ich werde einfach fragen, ob man mir einen Spaten leihen könne, weil meiner zerbrochen sei. Dann kann ich endlich einmal hineinschauen, wie es in dem Haus wirklich aussieht – den Reichtum und den Luxus sehen, von dem ich immer nur geträumt habe.«

Als Martha sich durch das Gebüsch zwängte, nur mit Mühe und Not durch die engen Zweige kroch, merkte sie, wie alt sie doch in den letzten Jahren geworden war. Und während all dieser Zeit hatte sie immer dieses Haus vor Augen gehabt. Dieses wunderschöne gelbe Haus, mit Stuck verziert und mit den jetzt windschiefen Fensterläden. Das Haus, von dem sie nicht wusste, ob sie es hassen oder lieben sollte.

»Jetzt oder nie!«, machte sie sich selber Mut. »Und wenn es das Letzte ist, was ich auf dieser Welt tue. Ich gehe jetzt hinüber und schaue mir das Haus von innen an.«

Schritt für Schritt stapfte die Alte auf das Haus zu. Ihr Herz raste und ihre Schläfen hämmerten, als wollten sie zerspringen. Endlich stand sie vor der großen Eingangstür. Von Nahem gesehen sah alles doch ziemlich erbärmlich aus. Das Haus war viel verfallener, als sie es je erahnen konnte. Das Holz war mehr als morsch – die Fenster hatten nur noch zerborstene Scheiben oder gar kein Glas mehr in den maroden Rahmen. Von schweren purpurfarbenen Vorhängen gab es keinerlei Spur.

Martha nahm all ihren Mut zusammen und gab sich, verunsichert, einen Ruck. Sie klopfte an die Tür.

Es dauerte nicht lange, bis der Herr, der mit der

Limousine gekommen war, öffnete und freundlich fragte, womit er dienen könne. »Das ist also der Diener«, fuhr es der Alten durch den Kopf, aber weiter kam sie nicht. Als hätte ihr jemand von hinten die Beine weggezogen oder als wäre direkt unter ihr der Boden zerschmolzen. Sie hatte Mühe, sich auf den Beinen zu halten. Sie taumelte und drohte, zu Boden zu stürzen. Mit letzter Kraft hielt sie sich an dem Türrahmen fest. Sie konnte an dem gut gekleideten Herrn vorbeisehen. Martha blickte völlig verstört nach links, dann nach rechts. Dann beugte sie sich vor, durch den Türrahmen hindurch. Sie schaute mit ungläubigen, weit aufgerissenen Augen an dem verdutzten Herrn vorbei – durch die Tür. Was sie da sah, verschlug ihr den Atem. Hinter dem netten Herrn, der immer noch die Tür aufhielt, konnte die alte Frau in den Garten sehen. In denselben verwahrlosten, ungepflegten Garten wie vor und neben dem Haus. Da war nichts! Kein Zimmer, kein Ballsaal und keine geschwungene Marmortreppe, nur eine Holzwand mit einer Türöffnung! Alles bestand nur aus einer dünnen Holzwand, ehemals gelb angestrichen. Dahinter freies Feld, kein Dach, nichts! Martha hielt sich noch am Türrahmen fest. Wenige Zentimeter unterhalb ihrer Hand bemerkte sie ein kleines oxidiertes Messingschild. Während der Herr in dem gut sitzenden Anzug sie besorgt an der Schulter festhielt und versuchte, ihr unter die Arme zu greifen, las Martha das Schild: »Constantin Filmstudios«.

Der alte Förster und die Tanne

Der Sommer war vorbei. Der milde Herbst hatte den Mischwald in allen nur möglichen Farben erleuchten lassen. Aber nun waren die bunten Blätter zu Boden gefallen und es überwog das Grün der Tannen. Die Tage wurden immer kürzer, die Nächte länger und länger. Oben in den Bergen war es nachts schon bitterkalt. Der alte Förster hatte alle Hände voll zu tun, um seine Holzhütte winterfest zu machen. Die schweren Holzläden brauchten neue Beschläge, hier und da mussten Holzbretter ausgebessert werden. Kaminholz musste geschlagen, gehackt und gestapelt werden. Geheizt werden konnte in der Hütte nur mit dem Kamin – es gab weder eine Heizung noch fließend Wasser hier oben. Die Winter waren im Gebirge sehr hart, aber nichts konnte den alten Förster dazu bewegen, seine bescheidene Hütte zu verlassen und runter ins Dorf zu ziehen. Nur allzu selten ging er hinunter, nur wenn es sich absolut nicht vermeiden ließ. Die Leute im Dorf begegneten ihm mit Argwohn, sahen ihn feindselig von der Seite an und tuschelten hinter seinem Rücken, kaum war er vorbeigegangen. Er wurde hier behandelt wie ein Fremder, obwohl er in demselben Dorf zur Welt gekommen war wie sie. Noch heute erzählten sie sich manchmal, abends in den Wirtshäusern, eine Geschichte, die schon jahrelang

45

zurücklag. Damals hatte es einen riesigen Streit gegeben – und noch heute machten ihn, den Förster, viele Dorfbewohner dafür verantwortlich, dass es mit ihrem Dorf nicht aufwärtsging, wie sie sich ausdrückten. Es war zur Weihnachtzeit gewesen, als der Bürgermeister, für viel Geld, mit einer großen Pharmafirma einen Vertrag ausgehandelt hatte. Und eines Tages geschah es dann! Mehrere Busse fuhren durch das Dorf, hoch in den Wald. Fast an die hundert Mediziner fielen in den Wald ein, jeder mit einer Axt oder mit einer Säge bewaffnet. Schonungslos und ohne jede Kenntnis von der Natur wüteten die Städter in der Tannenschonung, um Weihnachtsbäume zu schlagen. Wenn sie eine kleine Tanne schief oder falsch oder doch nicht in der richtigen Länge abgesägt hatten, ließen sie sie halb abgeknickt liegen und fielen über die nächste her.

Dazu hatte die Pharmafirma für reichlich Glühwein gesorgt, und je mehr die Mediziner tranken, desto schlimmer wurde das Gemetzel. Der Förster war damals noch jung und sehr stark. Man hatte ihn in die Pläne des Bürgermeisters nicht eingeweiht, umso schlimmer war der Schock, als er aus einem anderen Teil des Waldes unverhofft in die Tannenschonung kam. Fassungslos und mit kreidebleichem, zu Stein erstarrtem Gesicht hatte er sekundenlang regungslos dem wilden Treiben zugeschaut. Was dann geschah, ist nur aus den Erzählungen der Dorfbewohner zu erfahren, die damals dabei gewesen waren, deren Geschichten aber von Mal zu Mal stark variierten. Glaubhaft ist, da stimmten die meisten Erzählungen überein, dass der Förster sich mit Angst einflößendem Geschrei und

46

seinerseits bewaffnet mit einer Axt, genauer gesagt mit einer großen Spaltaxt, auf die Gruppe der Mediziner stürzte und sich unversehens vor einer kleinen Tanne zu Boden warf, gerade als einer der Städter, der schon weit ausgeholt hatte, zuschlagen wollte. Dem fuhr der Schreck durch alle Glieder, und zitternd vor Angst ließ er die Axt fallen – genau auf den Fuß seines Nebenmannes. Der schrie mordsmäßig auf, und irgendwie fingen dann alle plötzlich an zu schreien und auseinanderzulaufen. Mit hampeligen Gesten liefen sie den Berg hinunter, dem Dorf entgegen.

Der Förster hatte noch lange Zeit, schwer keuchend, vor der kleinen Tanne gekauert. Als er sich endlich aufraffte, strich er mit den Händen zärtlich über die nadeligen, piksenden Zweige und sagte: »Zu schade für einen Weihnachtsbaum.«

Unten im Dorf hatte das Ganze noch ein juristisches Nachspiel.

Der Arzt, dem die Axt auf den Fuß gefallen war, hatte seinen Kollegen auf Schmerzensgeld verklagt. Letzterer hatte die große Pharmafirma verklagt, und die ihrerseits hatte den Bürgermeister auf Schadensersatz verklagt. Der Bürgermeister wiederum hatte dem Förster ein Dienstaufsichtsverfahren angehängt, welches auf die weitere Karriere des jungen Försters schwere Auswirkungen hatte.

Das war jetzt inzwischen lange, lange Jahre her. Die kleine Tanne, die der Förster gerettet hatte, war mittlerweile ein riesiger Baum und der Förster inzwischen alt geworden. Dennoch kam er, ungeachtet seines Alters, seinen Aufgaben nach. Er fütterte die Tiere im

Wald, achtete auf den Baumwuchs, und wenn es nicht anders ging, wenn mal ein Baum krank war, dann griff er schweren Herzens zur Axt und fällte ihn. An seiner Tanne kam er täglich vorbei. Sie war wirklich wunderschön, mit großen, weit ausladenden, saftig grünen Zweigen. Jedes Mal hielt der alte Mann inne, schaute den dicken Stamm hinauf bis in die Spitze, lächelte vor sich hin und flüsterte: »Na, du kleiner Weihnachtsbaum?«

Es war wieder Weihnachtszeit, als eines Tages mehrere Menschen den Berg hinaufstiegen. Sie liefen in der Nähe der Forsthütte hin und her durch den Wald. Es waren Leute vom Forstamt aus der nächsten großen Stadt und einige Forstarbeiter. Die machten auf Anweisung des Oberforstrates weiße Kreuze an die Stämme einiger Bäume – an sehr viele Bäume ... Fast sah es aus, als wolle man eine breite Lichtung in den Wald schlagen. Bei dem alten Förster hatte man erst gar nicht angeklopft. Er sollte bald seines Amtes enthoben werden, und dann musste er, wohl oder übel, ins Dorf ziehen. Man würde es ihm, auf dem Amtswege, schon beizeiten mitteilen.

Der Förster hatte die ganze Zeit hinter seinem Fenster gestanden und dem Geschehen zugesehen. Er hatte versucht zu verstehen, was die Leute sagten, konnte aber nur Bruchstücke verstehen von dem, was sie sagten. Einmal fiel das Wort »Sprungschanze« oder so, später ein Wort, das sich so anhörte wie »Restauration«.

Ganz nahe an seiner Hütte waren dann zwei Waldarbeiter vorbeigegangen. Einer von ihnen sagte: »Wir können eh erst im Frühjahr anfangen, wegen des Wetters – für die nächsten Tage haben die im Radio schon Sturmwarnung rausgegeben. Soll ein richtiger Orkan werden.«

»Dann wird's hier oben aber ungemütlich«, antwortete der andere. »Hat man eigentlich von dem alten Förster, der hier oben hausen soll, schon mal wieder was gehört?«

»Nö«, gab der Arbeiter zurück, »keine Ahnung, was ...«

Mehr konnte der alte Mann in seiner Hütte nicht mehr verstehen, die Waldarbeiter waren schon den Berg hinuntergestiegen.

Sofort fing der Förster an, alle Vorkehrungen für den nahenden Sturm zu treffen. Es war nicht der erste Sturm, dem er hier oben getrotzt hatte, aber ein Orkan ...?

Er sicherte die mittlerweile reparierten Fensterläden und stieg noch mal auf das Dach, um dort zu prüfen, ob auch alles sturmsicher war.

Er holte Brennholz in die Hütte, denn mit dem Sturm würde sicherlich auch der erste Schnee kommen. Mit mehreren Scheiten Holz auf dem Arm war er an seiner Tanne vorbeigegangen – und zu seinem großen Schreck entdeckte er auch an ihrem Stamm ein weißes Kreuz. Traurig, mit gesenktem Haupt, kehrte er in seine Hütte zurück und verriegelte die Tür, so gut es ging. Warum die Tanne?, fragte er sich. Da, wo sie stand, war sie doch keinem im Weg.

Gegen Abend fing es dann draußen an, kräftig zu

wehen, immer stärker blies der Wind, dass die kleine Holzhütte nur so erzitterte. An allen Ecken begann es zu wackeln, und der Sturm wurde immer noch stärker und stärker. Es pfiff durch die geschlossenen Fensterläden, und es rappelte nur so an der Tür. Der alte Förster hatte sich in einer Ecke seiner Hütte, neben dem Kamin, auf den Boden gehockt. Solch einen Sturm hatte er in all seinen Jahren noch nicht erlebt. Er hörte das Krachen von zerberstendem Holz, von abknickenden Bäumen, die mit lautem Getöse zu Boden stürzten. Die ganze Erde bebte, wenn ein großer Baum entwurzelt wurde. Plötzlich wurde es still, unheimlich still, nichts rührte sich mehr. Aber dann kam mit einem wahnsinnig lauten Knall eine derart heftige Sturmböe, dass das Dach der kleinen Hütte mit einem Ruck weggerissen wurde. Der Orkan blies immer heftiger, und auch die Wände der Hütte stürzten ein. Alles wurde durch die Luft gewirbelt.

Die Arme vors Gesicht gekreuzt, kämpfte der alte Mann sich von der Hütte weg, um nicht erschlagen zu werden.

Der Wind hatte ihn zu Boden geworfen und peitschte ihm ins Gesicht.

Es war eiskalt. Nur mühsam kam der Förster voran. Meter für Meter kroch er auf den Knien in Richtung seiner Tanne. Nach endlos scheinendem Kampf war er schließlich bei ihr angekommen und band sich mit einem Seil, das er rechtzeitig in seine Tasche gesteckt hatte, fest an ihren Stamm. Auch dieser bog sich im Sturm.

»Danke!«, schrie der alte Förster gegen den Sturm an. »Du hast mir das Leben gerettet!«

»Du mir auch«, knisterte es da in der Tanne. »Weißt du noch, damals, Weihnachten?«

»Und ob ich das noch weiß!«, schrie der Förster mit letzter Kraft zurück. »Hab ich mein ganzes Leben nie vergessen!«

Die Tanne wurde vom Wind fast zu Boden gedrückt, als sie rief: »Vielleicht hätte ich sogar gerne mal, schön geschmückt, zu Weihnachten in einem warmen Wohnzimmer gestanden ...«

»Ich auch«, antwortete der alte Förster, »hätte ich auch manchmal gewollt.«

Die Tanne merkte, dass der Förster furchtbar fror, er zitterte am ganzen Körper. Da nahm sie behutsam ihre untersten, weichsten Zweige und schlang sie eng um den schlotternden alten Mann. Dann öffnete sich unmerklich, ganz langsam und leise eine kleine Tür im Stamm der Tanne und nahm den Förster in sich auf.

Am nächsten Tag kamen Waldarbeiter auf den Berg und sahen sich die Verwüstung an.

»Der Sturm hat uns eine Menge Arbeit abgenommen«, lachte einer von ihnen, »wenn die Wurzeln nicht noch wären!«

»Schau her!«, rief ein anderer. »Hat hier nicht die schöne große Tanne gestanden?«

»Ist wohl auch den Berg runtergestürzt«, antwortete ein Dritter.

Unten im Dorf, viele Jahre später, in einem Sägewerk, strich ein Arbeiter zärtlich mit der Hand über das frisch zersägte Holz einer alten Tanne. »Viel zu

51

schade!«, rief er seinem Kollegen zu. »Viel zu schade das schöne Holz, um eine Kiste für das Bestattungshaus daraus zu zimmern.«

Der Kollege sah kurz von seiner Arbeit auf und sagte: »Kommt drauf an, wer hinterher drin liegt.«

Der fleißige Gärtner

Als der liebe Gott eines Abends, nach einem anstrengenden Tag, die Fensterläden schließen wollte, schaute er noch einmal hinunter auf die Erde. Was er da sah, erfreute ihn ganz und gar nicht. Die Menschen führten Kriege, Tiere wurden abgeschlachtet und ganze Wälder dem Erdboden gleichgemacht. Flüsse, Meere und die Luft wurden vergiftet, und alles nur aus Gier nach Reichtum und Macht. Dies war nicht sein Wille gewesen, und der liebe Gott wurde sehr traurig. Keines seiner Gebote wurde befolgt.

Aber halt, was war das? Gerade als er sich enttäuscht von der Erde abwenden wollte, fiel sein Blick auf ein Fleckchen Erde, am Rande einer großen Stadt, nicht größer als ein halber Tennisplatz. Dort stand eine kleine Holzhütte, der Rest war Garten. Sehr ordentlich und sauber, äußerst gepflegt sah alles aus. Es war eine Freude, ein so schönes Gärtchen zu sehen, und der liebe Gott lächelte. In diesem Moment trat ein uralter, buckeliger Mann aus der Hütte und begann, welkes Laub zusammenzuharken. Es war Herbst und fast schon Winter. Die meisten Blumen waren verwelkt, nur noch einige Winterrosen zeigten ihre volle Pracht. Den Rest hatte der alte Gärtner schon zurechtgestutzt. Die Beete waren sauber geharkt und gedüngt. Einige

Blumen hatte er für die kalte Jahreszeit mit einer Folie zugedeckt, die Geranien hatte er in ein kleines Glashäuschen direkt neben der Hütte gestellt. Wenn man genauer hinsah, so entdeckte man, dass der Garten in vier Teile aufgeteilt war. Davon waren drei recht groß, der vierte deutlich kleiner. In dieser Ecke des Gartens stellte der alte Mann nun unzählige selbst gebaute Vogelhäuschen auf. Für die Meisen hängte er Knabberbällchen in die Bäume. Nun konnte der Winter kommen und mit seiner weißen Decke alles zudecken. Der alte Gärtner liebte den Winter nicht, er hatte dann weniger zu tun in seinem Gärtchen. So achtete er wenigstens darauf, dass die Vögel immer genug zu fressen hatten, und schippte den Schnee beiseite, wenn es zu viel geschneit hatte. Er war wirklich schon steinalt.

Er hatte noch selbst, vor unzähligen Jahren, die Eiche gepflanzt, die nun mitten in seinem Garten mit ihrem inzwischen mächtigen Stamm alles überragte. Der Garten war so angelegt, dass der große Baum im Sommer dem Teil des Gartens Schatten spendete, in dem die Blumen und das Gemüse gepflanzt waren, die am wenigsten die pralle Sonne vertrugen. Während im Frühjahr die Sonne ungehindert die neue Saat aufwärmen konnte. So war der Garten nach den vier Jahreszeiten aufgeteilt, und wenn der alte Gärtner mit einem Teil seines Gärtchens fertig war, machte er im nächsten weiter. So ging das Jahr für Jahr. Auch dieses Jahr neigte sich dem Ende zu, und ebenfalls im Leben des alten Mannes wurde es Winter. Der liebe Gott hatte die Fensterläden noch

54

einmal beiseitegeschoben, sich aus dem Fenster gelehnt und dem fleißigen Gärtner eine ganze Weile lang zugesehen.

Nun räusperte er sich und sprach: »Genug der Arbeit, alter Mann! Zeit, sich auszuruhen! Du hast deine Arbeit getan und alles sehr schön gemacht! Aber jetzt kannst du dich ausruhen – komm zu mir und wärm dich auf.«

»Hab mir schon gedacht«, brummelte sich der alte Gärtner in den Bart, »dass du dich früher oder später meldest«, und ohne von seiner Arbeit aufzusehen, sagte er: »Hab jetzt noch keine Zeit, du siehst ja, ich muss alles für den Winter vorbereiten – hinterher haben die Vögel nichts zu futtern.«

»Schon gut«, schmunzelte der liebe Gott, »aber danach, wenn du fertig bist, kommst du zu mir und leistest mir ein bisschen Gesellschaft.«

»Ja, ja«, gab der Alte zurück, »später – hab zu tun«, und fuhr fort, das welke Laub in einen Sack zu stopfen.

Der liebe Gott hatte die Fensterläden geschlossen und wollte sich ein wenig ausruhen, während der alte Gärtner schnell in seine Hütte geschlüpft war. Dort begann er emsig, Nistkästen für Vögel zu schnitzen. Er suchte und ordnete schon das Saatgut für den Frühling.

In diesem Winter hatte der liebe Gott sehr viel zu tun, und als er das nächste Mal nach seinem Freund, dem Gärtner, schaute, war der Schnee schon geschmolzen, und es grünte überall. Im ganzen Garten hingen Nistkästen, und der alte Mann war gerade dabei, ein

Stück Beet umzugraben. Einen Sack mit Saatgut hatte er schon über der Schulter hängen.

»Wolltest du nicht zu mir kommen?«, fragte der liebe Gott. »Du wolltest mir doch Gesellschaft leisten und dich bei mir ausruhen.«

»Hab keine Zeit«, erwiderte der Gärtner. »Wie du siehst, muss ich jetzt einsäen, sonst wird das dieses Jahr nichts mit dem Salat. Außerdem müssen die Zwiebeln in den Boden.« Sich den Schweiß von der Stirn wischend, fügte er hinzu: »Wenn ich fertig bin, später.«

Der liebe Gott runzelte die Stirn. »Aber dann kommst du, ja?«, sagte er bestimmt. »Du kannst ja nicht ewig schuften!«

»Kann ich doch!«, zischelte der Alte so leise, dass der liebe Gott es nicht mehr hörte. Er hatte sich längst anderen wichtigen Dingen zugewandt.

Der Gärtner lief schnell in seine Hütte und wetzte die Sensen und die Messer. Er säte und düngte, er grub und schaufelte, harkte und zupfte Unkraut. Die Sonne stand hoch am Himmel, und der alte Mann hatte alle Hände voll damit zu tun, den Garten und die Saat mit Wasser zu begießen.

Es war noch nicht viel Zeit vergangen, da schaute der liebe Gott wieder auf die Erde und suchte den alten Mann. Der war in der Zwischenzeit schon im nächsten Teil seines Gartens angelangt, wo mittlerweile das Korn erntereif dastand.

»Ist denn nicht langsam genug?«, fragte er leicht zerknirscht. »Du wolltest doch hochkommen, wenn du fertig bist!«

56

»Ich bin aber noch nicht fertig«, griente der Gärtner mit der gewetzten Sense in der Hand. »Soll ich etwa das gute Korn verkommen lassen – wo es so viele Kinder auf der Welt gibt, die nichts zu essen haben?«

»Schon gut«, musste der liebe Gott eingestehen, »schon gut, hol das Korn ein – aber dann kommst du!«

Fleißig senste der alte Mann das Korn, bündelte es und bearbeitete es noch wie vor hundert Jahren mit dem Schlegel, bis er das Korn von der Spreu getrennt hatte. Das Stroh legte er zum Trocknen unter das Vordach seiner Hütte.

Dann kam die Zeit der Kartoffelernte, und auch diesmal schaute der liebe Gott wieder bei dem Gärtner vorbei.

»Immer noch nicht fertig?«, musste er lächeln.

»Schau, Herr«, gab dieser zur Antwort, »die Kartoffeln müssen raus, da gibt's nix – wo es so viele Kinder gibt, die Hunger leiden.«

Der liebe Gott gab keine Antwort mehr, machte ein resigniertes Gesicht und widmete sich anderen wichtigen Dingen.

Als der fleißige Gärtner mit der Kartoffelernte fertig war, fing er an, das Korn zu zerreiben, um Mehl daraus zu machen. Zwischendurch lief er schnell in den Garten, genauer gesagt schon in den nächsten Teil, und pflanzte geschwind Grünkohl für den Winter – beim ersten Frost würde er ihn ernten. Er hackte Holz für den Ofen und war gerade dabei, Brot zu backen und Vorräte für den Winter zurechtzumachen, als es an seiner Holztür klopfte. Erstaunt machte der alte Mann auf. Draußen schneite es leicht, und vor der Tür stand ein ebenso alter Mann wie er.

»Darf ich eintreten?«, fragte der höflich.

»Komm nur rein«, ermunterte ihn der Gärtner. »Komm nur rein und ruh dich ein wenig aus. Hier, setz dich an den Ofen und wärm dich auf.«

»Danke, danke«, sagte der Besucher und kraulte sich seinen langen weißen Bart. »Wenn du nicht zu mir kommst, muss ich ja wohl zu dir kommen.«

»Das ist lieb von dir«, lachte der fleißige Gärtner. »Du weißt, ich hab immer so viel zu tun. Diese Nacht hat es richtig Frost gegeben, und wo du schon mal da bist, kannst du mir ja helfen, den Grünkohl zu ernten.«

»Wo es doch so viele Kinder gibt, die nichts zu essen haben ...«, lachte der Besucher. Dabei fiel sein Blick in die Ecke der Hütte. Da stand schon säuberlich geordnet das Saatgut für den nächsten Frühling.

»Und außerdem ist Grünkohl sehr gesund«, erklärte der fleißige Gärtner und zog seine Gummistiefel und seine Jacke an. »Kommst du?«, fragte er dann den alten Mann und öffnete die Tür. »Wir können jetzt gehen.«

Zusammen verließen sie die Hütte und gingen in den Garten.

Der Hausbesuch

Es sind nun schon mehrere Jahre vergangen, seitdem mir etwas äußerst Seltsames passiert ist, aber die Geschichte geht mir nicht aus dem Kopf. Immer wieder, wenn es dem Jahresende zugeht, wenn es draußen nass und kalt wird, wenn die Tage nur noch kurz durch das nebelige Grau blinzeln und die Nächte immer früher hereinbrechen, werde ich an jenen merkwürdigen Winterabend erinnert. Ich habe danach bis heute noch niemals mit irgendjemandem darüber gesprochen. Man hätte mir wahrscheinlich sowie nicht geglaubt oder mich für verrückt erklärt.

Es muss ungefähr Ende November gewesen sein. Draußen war es längst dunkel. Es nieselte leicht, und die Luft schien wie in einer Waschküche zu stehen. Es war ein sehr anstrengender Tag gewesen und wieder mal spät geworden. Nach der Sprechstunde hatte ich die Helferinnen schnell nach Hause geschickt und wollte nur noch die letzten Befundberichte und Entlassungsberichte aus den Krankenhäusern durchsehen und in die Patientenkarten legen. Ich hatte gerade die letzten Laborwerte durchgesehen, als plötzlich das Telefon klingelte. Ich schrak hoch, denn es war schon sehr spät, und wer sollte mich um diese Zeit noch in der Praxis vermuten. Bereitschaftsdienst hatte ich auf jeden Fall nicht, das war sicher, sonst hätte das Handy klingeln müssen. Verwundert ging ich trotzdem, wie in Trance, ans Telefon.

»Steinberg«, meldete ich mich, »Praxis Dr. Steinberg!«

In der Telefonleitung rauschte und knackte es gewaltig, bis endlich eine Stimme zu hören war. Eine krächzende alte Frauenstimme, die nur noch mit Mühe und Not einen Ton herauszubekommen schien.

»Dr. Steinberg?«, stöhnte die Stimme mir aus dem Hörer entgegen. »Ich brauche Hilfe, dringend – Sie müssen zu mir kommen, jetzt – sofort! Es geht um Leben oder Tod.« Das Rauschen in der Leitung wurde immer stärker, aber ich glaube noch gehört zu haben, wie die alte Frau in den Hörer schrie: »Um Leben oder Tod – Erwin – um dein Leben …!«

Völlig fassungslos legte ich auf – ich heiße tatsächlich mit Vornamen Erwin – und blickte in den an der gegenüberliegenden Wand hängenden Spiegel und in mein verwirrtes Gesicht. Ohne lange zu zögern, zog ich meine Jacke an und verließ auf der Stelle die Praxis. Ich hatte meinen Arztkoffer nicht mitgenommen und, ich glaube, auch das Licht nicht ausgemacht. Als ich die Praxis verließ, fiel mir der Gestank von Rauch auf. Es war nicht nur überall nebelig, sondern jemand schien ein Feuer angezündet zu haben. Es roch nach verbrannter Erde. Die wenigen Laternen, die zu dieser Zeit noch brannten, bekamen durch den Nebel einen weichen, mystisch scheinenden Lichterkranz. Ich setzte mich ins Auto und wollte, wie gewohnt, das Navigationssystem einschalten, als mir auffiel, dass die Frau mir ja gar nicht ihre Adresse mitgeteilt hatte. Unbeirrt startete ich den Motor, und selbst das Licht der Scheinwerfer schien sich durch den Nebel im Nichts zu verlieren. Ich fuhr – wie in einem surrealistischen Traum – einfach los. Viel gedacht habe ich damals nicht, soweit ich mich erinnern kann. Ich kann mich nicht entsinnen, Angst oder irgendwelche Zweifel gehabt zu haben.

Wie von Geisterhand gesteuert fuhr ich den Wagen durch den nächtlichen Nebel, zuerst noch innerhalb der Stadtgrenzen, dann nach und nach hinaus, in die ländlichen Stadtrandgebiete. In dieser Gegend war ich nie zuvor gewesen. Ich hatte hier keine Patienten, soweit ich wusste. Die Strecke wurde immer unheimlicher. Kaum sah man die Hand vor den Augen, so dicht war der Nebel geworden. Die Lichtkegel der Scheinwerfer wurden von dem Watteberg, der sich vor meinem Wagen auftürmte, nutzlos verschluckt. Ohne im Geringsten nervös zu werden, hielt ich an und stellte den Motor ab. Die Scheinwerfer waren noch nicht abgeschaltet, und so sah ich, wie sich vor mir eine Art Lichtung auftat.

Der Nebel hatte sich auf einer kleinen Fläche gelichtet, ich konnte noch ein Stück der Straße sehen und daneben ein weites Feld, wohl ein Acker. Ich konnte noch den nächsten Begrenzungsstein neben der Straße sehen und dann ... mir stockte der Atem, ich versuchte tief Luft zu holen und bemühte mich, noch klar zu denken. Was war das? Ich hatte einen Moment geglaubt zu träumen, rieb mir die Augen und starrte weiter ins Dunkel. Lautlos öffnete ich die Autotür, stieg langsam aus und ging einige Schritte im Licht der Scheinwerfer die Straße entlang, bog dann ab und stapfte nach rechts – von der Straße auf den Acker. Immer weiter lief ich durch den lehmigen Matsch auf das zu, was sich unter der Nebelkuppel vor mir auftat. Auf einem größeren Stein saß mitten auf dem Acker eine in unzählige schwarze Tücher gehüllte, sehr alte Frau. Vor lauter Tüchern konnte man von ihrem Körper nicht einmal etwas erahnen, und von dem Gesicht sah man nur winzige Ausschnitte.

Wenn sie den Kopf bewegte, konnte man im kargen Licht sekundenlang ihre Augen funkeln sehen.

»Gut, dass du gekommen bist«, ächzte ihre brüchige Stimme, »ich muss dich noch unbedingt etwas fragen.«

Ich musste mich räuspern und verlegen hüsteln, bevor ich hervorbrachte: »Entschuldigen Sie bitte, kennen wir uns?« Meine Stimme war klanglos und fahl: »Sind Sie eine Patientin von uns?«

Ich habe mich damals eigentlich über nichts gewundert, noch nicht einmal ein unwohles Gefühl gehabt. Im Gegenteil – als passierte gerade das Normalste der Welt. Ich hatte weder Angst, noch fand ich die Situation in irgendeiner Art und Weise merkwürdig. Ich befand mich in einem rauschartigen Zustand, und von weit her hörte ich, wie sie antwortete: »Du wirst mich sicherlich nicht kennen, aber ich kenne dich! Deshalb ist es für mich so wichtig, dass du mir eine Frage beantwortest.«

»Woher, bitte, woher kennen wir uns?«, fragte ich und hatte plötzlich das Gefühl ungeheuren Respekts vor dieser Person.

62

»Das ist nicht so wichtig«, wies sie mich in erstaunlich barschem Ton zurück. »Das spielt hier keine Rolle – ich weiß, woher du kommst, und nun muss ich wissen, wohin du gehst, das ist alles.«

»Wenn ich Ihnen irgendwie helfen kann ...?«, brachte ich schüchtern hervor, bevor sie mir ins Wort fiel: »Ich weiß, dass du Frauenarzt bist«, krächzte sie dazwischen. »Das stimmt doch – oder?«

»Ja«, antwortete ich wie ein kleiner Schuljunge, »das ist richtig, aber was hat das mit ...« Ich kam nicht weiter – wieder fiel sie mir einfach ins Wort: »Frag jetzt nichts, wir haben keine Zeit. Es gibt nur noch eine einzige Frage, und die stelle ich dir! Allerdings, nachdem ich dir etwas erzählt habe.« Ich sagte nichts mehr und spürte, wie recht ihr das war. Sie schien sich zu sammeln, holte dann lange tief Luft und begann zu erzählen: »Vor langer, langer Zeit, als du noch gar nicht geboren warst, hat sich etwas ganz Schreckliches zugetragen. Etwas Abscheuliches, eines der schlimmsten Verbrechen, die man sich vorstellen kann. So grausam, dass man es bis heute kaum wagt, darüber zu reden.« Ihre Stimme bebte, und einen Augenblick funkelten ihre Augen. Mit ihrer dürren knöchrigen Hand wischte sie sich einmal kurz durchs bleiche Gesicht, bevor sie fortfuhr: »Es war Krieg damals, ein sehr schmutziger Krieg! Es waren schon viele Soldaten gefallen, junge Männer und noch richtige kleine Jungs, die man von der Schulbank weg an die Front geschickt hatte. Und dann gab es Menschen … Aber nein«, verbesserte sie sich und ihre Stimme überschlug sich, »nein, das waren keine Menschen, das waren Leute, die zu Hause geblieben waren – die durften zu Hause bleiben! Es waren Ärzte – Leute, die Medizin studiert hatten, um den Menschen zu helfen. Aber einige von ihnen taten das nicht, sie führten Befehle aus. Grausame Befehle, sie machten sogenannte Experimente.«

Ihre Stimme versagte, stattdessen stieß sie einige unverständliche Laute hervor, sie schluchzte. Noch immer waren die Scheinwerfer meines Autos eingeschaltet und beleuchteten matt die unwirkliche Kulisse. Ich stand regungslos, mit entsetztem Gesicht vor der alten Frau, die ihre vielen Tücher zurechtzuppelte und weitererzählte: »Es war halt Krieg, sagten sie, und es waren doch Befehle, sagten sie und machten alles, was von ihnen verlangt wurde. Warum erzähle ich gerade dir dies?«, richtete sie sich plötzlich an mich und wandte mir für den Bruchteil einer Sekunde ihr Gesicht zu. Ein uraltes, verwelktes und sehr trauriges Gesicht, mit unzähligen tiefen Falten. Um ihre Mundwinkel zuckte es, und sie fuhr fort, ohne eine Antwort von mir abzuwarten: »Einer von diesen Herren Doktoren war mein Mann!« Sie schüttelte sich am ganzen Körper, ich glaube, sie hatte die ganze Zeit über bitterlich geweint. »Es war nicht nur mein Mann, sondern auch dein Großonkel, der Bruder deines Großvaters väterlicherseits. Jetzt ahnst du, warum ich dich sprechen wollte. Dein Vorfahre hat grauenvolles Unrecht getan. Er hat Versuche gemacht – mit Menschen ... mit Frauen und Kindern!« Ihre Stimme versagte endgültig, sie weinte bitterlich, und der Haufen schwarzer Tücher zitterte wie Espenlaub. Wie zu Stein erstarrt stand ich vor ihr, wagte kaum zu atmen, geschweige denn etwas zu sagen.

64

Ganz unvermittelt und sich einen Ruck gebend, richtete sie sich plötzlich ein wenig auf und stöhnte leise: »Als ich hörte, dass du Frauenarzt bist, hat es mir keine Ruhe gelassen, und deshalb jetzt meine Frage: Machst du auch so etwas?«

Ich war völlig geschockt – mit einer derartigen Frage hatte ich nicht gerechnet. Der Krieg war vorbei, wir lebten im 21. Jahrhundert. Ich hätte am liebsten aufgeschrien, ob sie von allen guten Geistern verlassen sei; aber ich antwortete nur, als wäre es gar nicht ich, der da sprach: »Nein, natürlich nicht, das gibt es heute nicht mehr!«

»Bist du sicher?«, kam ihre traurige Stimme zurück, und: »Machst du auch Abtreibungen?«

Auch auf diese Frage war ich nicht gefasst, antwortete aber unverzüglich: »Nein, ich mache keine Abtreibungen! Aus Prinzip mache ich keine Abtreibungen. Deshalb wollte man mich schon als Assistenzarzt im Krankenhaus rausschmeißen – weil ich mich einfach geweigert habe. Mir wurde damals Arbeitsverweigerung vorgeworfen.«

»Dann bin ich jetzt beruhigt«, sagte die alte Frau. »Du hast also doch einfach Nein gesagt – das hast du gut gemacht, das ist gut ...«

In diesem Moment gingen plötzlich die Scheinwerfer des Wagens aus, und es war stockdunkel. Ich konnte nichts mehr erkennen und tapste Schritt für Schritt durch den Matsch in die Richtung, in der ich den Wagen vermutete. Der Nebel war wieder so dicht geworden, dass man glaubte, durch Watte zu laufen. Irgendwie habe ich es dann doch bis zum Auto geschafft, setzte mich hinter das Steuer und startete den Motor. Zu meiner Verwunderung sprang er sofort an, und auch die Scheinwerfer funktionierten wieder. Ich versuchte noch, über den Acker zu schauen. Es war aussichtslos, der Nebel war zu dicht. Von der alten Frau war nichts mehr zu sehen. Ich bin dann auch irgendwie nach Hause gekommen, habe mit niemandem mehr über das Geschehene geredet und bin sofort ins Bett gegangen.

Als ich am nächsten Morgen, nach unruhigem Schlaf, in die Praxis kam, wurde ich von den Helferinnen freundlich empfangen: »Guten Morgen, Herr Doktor, da war schon ein Anruf für Sie.« Die Arzthelferin nahm mich beiseite und sagte leise: »Ein merkwürdiger Anruf, wenn ich richtig verstanden habe, aus Kiew, eine Großtante von Ihnen oder so muss da wohl diese Nacht in einem Krankenhaus verstorben sein; man hätte die ganze Zeit versucht, Sie zu erreichen ...«

»Ich weiß«, antwortete ich, »ich weiß.«

Der Igel

Langsam verschwimmt vor mir die Autobahn. Kaum schaffe ich es, den Wagen geradeaus zu steuern. Es ist nicht mehr weit bis zur Ausfahrt Unna Ost.

Fast unmerklich quellen mir Tränen aus den Augen, rinnen mir die Wangen hinunter und verschleiern mir die Sicht.

Im Radio hieß es nur: »Vorsicht auf der A 44 – Dortmund–Kassel, zwischen Anschluss Holzwickede und Unna ...«

Eine Baustelle – wie viele und wie überall.

Ich hörte die Warnung im Radio, aber es war schon zu spät, ich konnte die Abfahrt Holzwickede nicht mehr benutzen, nicht ausweichen. Ich stand schon im Stau. Eine Baustelle, wie im Radio erklärt wurde. Die linke Fahrbahn war gesperrt, nur auf der rechten Fahrbahn quälte sich der Verkehr mühsam und langsam durch die Engstelle. Man hatte gelbe Streifen auf die Straße geklebt, um den Verkehr einspurig fortzuleiten. In der Mitte der Autobahn waren massive Betonblöcke in Reih und Glied aneinander befestigt und teilten die Fahrbahn.

Es gab keinen Zweifel, hier konnte man nicht mehr ausweichen. Ich stand also eingepfercht in der blechernen Karawane und wartete, dass es vor mir weitergehen möge.

In diesem Moment sah ich einen kleinen Igel. Er hatte es irgendwie geschafft – wie auch immer –, die Fahrbahn halb zu überqueren. Wahrscheinlich war er von rechts aus dem Gebüsch oder aus den Wiesen längs der Autobahn gekommen und wollte irgendwohin ... Während ich im Wagen saß, musste ich mit ansehen, wie er verzweifelt versuchte, die steile Betonbarriere, welche die Fahrbahn hermetisch absperrte, hochzukriechen. Immer wieder rutschte er zurück. Aber unermüdlich stellte er sich immer wieder auf seine kurzen Hinterbeinchen, kratzte mit den vorderen Füßchen an der steilen Betonwand und versuchte, sich hochzuziehen. Hinter ihm schlich eine gefährliche Schlange giftiger Automobile vorbei – Rückkehr unmöglich!

Ich weiß nicht, was mich letztendlich dazu bewogen hat, die Warnblinkanlage einzuschalten und rechts auf den Seitenstreifen zu fahren. Ich stellte den Motor ab und stieg aus. Es wurde mir ein wenig mulmig zumute – an mir schoben sich gefährlich röhrende Giganten vorbei. Man konnte unmöglich abschätzen, wann gerade einmal eine günstige Lücke entstand, um hinüberzugelangen. Ich musste irgendwie die Fahrbahn überqueren! Ich fing an zu winken und Gesten zu machen, um zu signalisieren, dass ich unbedingt auf die andere Straßenseite müsse, aber ich wurde komplett ignoriert. Man schaute an mir vorbei.

Einige Autofahrer machten sich an dem Navi-System zu schaffen, wieder andere suchten gerade einen anderen Sender im Radio ...

Als gerade, in einem günstigen Augenblick, ein Lkw nur langsam anfuhr und träge ins Rollen kam, huschte ich hinüber, überquerte die halbe Fahrbahn und erreichte die Betonbarriere in der Mitte der Autobahn. Der Igel versuchte verzweifelt, auch vor mir zu fliehen und wegzulaufen. Er kratzte weiterhin unermüdlich an der Betonwand mitten auf der Autobahn. Ich versuchte, beruhigend auf ihn einzureden, und näherte mich ihm Schritt für Schritt. Er verstand mich wohl nicht, und um uns herum fingen die Autos an zu hupen. Wirklich gestört haben wir beide eigentlich niemanden, aber es gab ein wahres Hupkonzert. Völlig orientierungslos trippelte der kleine Igel plötzlich los. Erst in die eine Richtung, von mir weg, immer so nah wie möglich an der Betonwand entlang – dann abrupt in die Gegenrichtung und wollte zuletzt quer über die Autobahn. Ich machte einen reflexartigen Schritt vorwärts und versuchte, ihn mit meinem Fuß noch zu stoppen. Er sprang mir fast auf den Schuh, aber da hatte ich ihn auch schon zu fassen bekommen. Er kugelte sich sofort ein, und ich spürte seine Stacheln in meiner Hand.

Ich stand mitten auf der Autobahn – der Verkehr rauschte mittlerweile wieder an mir vorbei – mit einem kleinen Igel auf dem Arm.

Ich musste irgendwie auf die andere Straßenseite gelangen, zu meinem Wagen. Der Stau hatte sich anscheinend aufgelöst, der Verkehr lief wieder flüssig an mir vorbei.

Von Zeit zu Zeit zeigten mir einige Autofahrer einen Vogel oder einen Stinkefinger, weil ich da so verloren mitten auf der Autobahn stand und anscheinend irgendetwas in der Hand hielt. Manche hupten oder schimpften durch die geschlossenen Scheiben hindurch.

Erst nach endlos langer Zeit gelang es mir, eine Lücke im Verkehr auszunutzen, um auf die andere Straßenseite zu gelangen. Der kleine Igel hatte inzwischen meine Hände malträtiert und blutig zerstochen. Vielleicht hatte ich ihn zu fest an mich gedrückt. Jetzt, endlich in Sicherheit, auf der anderen Straßenseite, setzte ich ihn behutsam ins Gras. Ich wollte gerade zu meinem Wagen gehen, als ich sah, dass er wieder die falsche Richtung eingeschlagen hatte. Er bewegte sich nicht in Richtung Wald, sondern wollte wieder in Richtung Autobahn entwischen.

Instinktiv machte ich wieder einen Sprung nach vorn und versuchte, ihn noch zu retten, sprang auf die Fahrbahn ...

Der Autofahrer hatte keine Schuld! Er konnte nicht damit rechnen, dass plötzlich jemand auf die Fahrbahn sprang, und das noch ohne triftigen Grund. Ich ließ den Igel los und wich erschrocken zurück.

Mit quietschenden Reifen kam der Wagen kurz vor mir zum Stehen. Ich sah noch das wütende Gesicht des Fahrers, der wild gestikulierend vor sich hin schimpfte.

Was aus dem Igel geworden ist, weiß ich nicht. Ich bin zu meinem Wagen zurückgegangen und weitergefahren – immer geradeaus und entlang der Betonbarriere ...

Falsch verbunden

Ich habe eigentlich ein erstaunliches Gedächtnis. Vor allem für Nummern, insbesondere für Telefonnummern. So besitze ich auch kein Telefonregister oder Ähnliches. Wenn meine Frau jemanden anrufen möchte, fragt sie mich – selbst nach den Nummern ihrer Freundinnen. In letzter Zeit trainiere ich mein Gedächtnis, indem ich Handynummern auswendig lerne.

Merkwürdigerweise habe ich bei E-Mail-Adressen Schwierigkeiten. Sie haben keine direkt erkennbare Logik, in ihnen versteckt sich kein Geburtsdatum oder eine mathematische Reihe.

Bei »Tante Ruth« und @helimail fehlt mir jeder Zusammenhang. Aber ich arbeite noch daran. Es ist wissenschaftlich erwiesen, dass eine Eselsbrücke umso effizienter ist, je absurder sie scheint. So müsste ich bei »Tante Ruth« an einen Helikopter denken ... ja mai ...

Ich werde diese Adresse jetzt mein Leben lang nicht mehr vergessen.

Und trotzdem kommt es vor, dass ich mich gerade bei den einfachsten Telefonnummern verwähle. Sogenannte Nummerndreher schleichen sich ein. Und – noch schlimmer – ich versuche, mich daran zu erinnern, das nächste Mal wieder die umgekehrte Nummer zu wählen. Meistens weiß ich aber dann nicht mehr, wie oft ich sie schon umgedreht habe ... Einer meiner besten Freunde hat die Rufnummer: 02383, Vorwahl für Bönen, und dann: 2412. Es ist erstaunlich, wie viele nummerische Kombinationen sich aus diesen vier Zahlen ergeben. Jedenfalls habe ich sie alle schon mal gewählt. Ich kenne sogar schon die jeweiligen Teilnehmer der falschen Verbindungen und sie mich. Man erkennt sich an der Stimme.

Zuletzt antwortete eine sehr nette freundliche Stimme, ich denke, weiblich – nicht älter als 30. Sie meinte: »Sie wollen doch bestimmt wieder Ihren Freund Burkhard anrufen – dann wählen Sie die 2412, hier sind Sie bei 2142, lachte erfrischend und legte auf. Damit hatte sie sich verraten! Ich beschloss, mir Ihre Telefonnummer aufzuschreiben und sie irgendwann noch einmal anzurufen.

Womit ich aber nicht im Geringsten gerechnet hatte, war, dass ich anscheinend bisher eine der mathematisch möglichen Kombinationen schmählich vernachlässigt hatte.

Es war schon spätabends, ich war erst kurz zuvor nach Hause gekommen. Ich nahm das Telefon und wählte die Nummer meines Freundes. Er hatte sicherlich den gleichen Ärger im Beruf gehabt – es war dann immer beruhigend, sich noch kurz auszutauschen. Aber er ging nicht ans Telefon. Ich ließ lange durchläuten. Ich würde es später noch einmal versuchen. Erst mal ein Bier aufmachen. Der Hörer war schon fast auf halber Strecke zwischen mir und der Ladestation, als ich ein Geräusch im Hörer vernahm. Mein Arm zuckte zurück und drückte den Hörer an mein Telefonohr. Ich telefoniere immer nur mit meinem rechten Ohr.

»Na endlich«, schnaubte ich in den Hörer, »dachte schon, du wärst bereits im Bett.«

»War ich auch!«, antwortete mir da eine Stimme, die nicht Burkhard gehören konnte.

Eindeutig weiblich, nicht unter achtzig Jahren und ein wenig schlaftrunken.

Verflixt!, dachte ich, das tat mir leid. Zu so später Stunde noch andere Menschen zu stören ...

Ich stammelte meine übliche Entschuldigung herunter, und angesichts der Tatsache, dass es schon zu fortgeschrittener Stunde war, bat ich höflicher als sonst um Vergebung.

Ich war auf ein Trommelfeuer unflätigster Schimpfwörter gefasst. Zumindest würde man mich, wenn nicht in die Wüste, so doch mindestens in die Hölle zum Teufel schicken. Den »Idioten« oder den »Trottel« hätte ich ja auch verdient, wartete also gehorsam auf den finalen Schrei im Hörer ... Aber nichts desgleichen passierte. Ich wollte auflegen, als ich hörte, wie eine nette, freundliche, fröhlich klingende Stimme sagte: »Aber das macht doch nichts, junger Mann. Sie haben überhaupt nicht gestört. Ich hatte noch nicht geschlafen.«

Dann knackte es im Hörer, die Verbindung war beendet.

Man war schon lange nicht mehr so freundlich zu mir gewesen!

Wie angewurzelt stand ich im Wohnzimmer. Warum hatte die alte Frau mich nicht angeschrien? Das

73

hätte ich ertragen können, das hätte ich verstanden, aber so?

Schnell versuchte ich, mir ihre Telefonnummer zu merken. Ich würde sie bestimmt wieder anrufen. Das war ich ihr schuldig. Es konnte ja auch nicht allzu schwierig sein, die Telefonnummer, meine ich. Ich brauchte nur zu versuchen, meinen Freund Burkhard anzurufen.

In den folgenden Wochen geschah es noch mehrere Male, dass ich mich verwählt hatte. Ich hörte einen Anrufbeantworter ab und erkannte die freundliche Stimme, weiblich, mit Sicherheit unter dreißig – blond? Und ich wurde auch endlich mal richtig, in unfeinstem Deutsch irgendwo hingeschickt, habe aber nicht so recht verstanden, wohin. Ich glaube, ich hatte mich diesmal wohl in der Vorwahl geirrt. Es war zumindest eine mir nicht bekannte Stimme, männlich – um die fünfzig!

Aber irgendwie ging mir eine Stimme nicht aus dem Sinn. Die der alten Dame – sicherlich über achtzig! Insgeheim hoffte ich jedes Mal, wenn ich Burkhard anrief, ich möge mich doch verwählen und wieder bei ihr landen. Aber so sehr ich mich auch anstrengte, es antwortete immer nur Burkhard am Telefon.

»Hast du dir endlich meine Nummer aufgeschrieben?«, fragte er mich, weil ich so oft anrief.

»Nein«, gab ich zurück, »du weißt, das brauche ich nicht, bei meinem Gedächtnis ...«

Ich beschloss, Schluss zu machen mit diesem lächerlichen Roulette. Ich würde mein Schicksal nicht länger dem Zufall überlassen, sondern die Angelegenheit

74

sachlich, nüchtern und rein mathematisch angehen. Bei vier Zahlen, vorausgesetzt, die Vorwahl war richtig, konnte es nach Adam Riese nur 4 x 4 = 16 Möglichkeiten geben. Ich setzte mich an den Schreibtisch und schrieb alle 16 Möglichkeiten auf. Es war das erste Mal in meinem Leben, dass ich mir Telefonnummern notierte.

In den nächsten Tagen war ich beruflich so angespannt, dass ich an meine alte Telefonfreundschaft nicht mehr dachte.

Viel später, als ich Burkhard dringend wegen einer Fortbildung sprechen musste, meldete sich: »Jessica, hallo?« Stimme weiblich, deutlich unter achtzig! Bevor sie mir die Nummer meines Freundes in den Hörer hauchen konnte, legte ich auf, nicht ohne mich entschuldigt zu haben: »Entschuldigung, falsch verbunden!«

Aber plötzlich war sie wieder da, die alte Dame! In meinem Kopf. Hätte ich mich nicht anders verwählen können? Warum immer Jessica? Eine, die die Telefonnummern meiner Freunde auswendig kennt? Bei 16 Möglichkeiten muss doch irgendwann einmal meine alte Dame zum Zuge kommen ... Ich weiß, warum ich kein Lotto spiele!

Ich gestehe hier in aller Form, dass ich heimlich versucht habe, alle 16 möglichen Telefonnummern anzurufen. Es war aber niemand dabei, der die Stimme der alten freundlichen Dame hatte.

Erst ein dummer Zufall kam mir zugute. Ich wollte meinen Freund anrufen, und da ich kein Telefonregister besitze, aber ein phänomenales Gedächtnis, wählte ich die Nummer wie gehabt. Mein lieber Burkhard schien aber nicht zu Hause zu sein, oder in der Garage, oder im Keller. Es dauerte eine Ewigkeit, und ich war gerade dabei, den Hörer aufzulegen, als ich ein Knacken im Hörer vernahm.

»Gertrud Stücker«, meldete sich eine freundliche Stimme. Weiblich, mit Sicherheit über achtzig Jahre alt. Ich hätte schreien können! Da war sie! Nicht Jessica, blond, unter dreißig! Da war die Stimme, die mir nicht böse war, als ich sie vor Wochen aus dem Schlaf gerissen hatte. Ich wusste nicht, was ich zuerst tun sollte – mich entschuldigen oder fragen, wie es ihr geht. Warum sollte ich sie fragen, wie es ihr geht? Ich kannte sie doch gar nicht.

Ich stotterte, wie gewöhnlich: »Entschuldigung, da muss ich mich wohl verwählt haben, entschuldigen Sie bitte die späte Störung«, als die alte Stimme am anderen Ende des Telefons ganz lieb sagte: »Aber nein, junger Mann, Sie stören überhaupt nicht. Wen wollen Sie denn sprechen?«

Am liebsten hätte ich in den Hörer geschrien: »Sie! Sie natürlich! Deswegen versuche ich ja seit Wochen, mich zu verwählen!« Aber ich blieb ruhig und sagte nichts. Es stimmte, seit Langem hatte ich keine so liebe und freundliche Stimme mehr gehört.

Während ich noch fasziniert von meinem Volltreffer im Telefonnummern-Roulette war, aber nicht wusste, was ich jetzt antworten sollte, rauschte es in der Leitung, und man hörte nur eine geistlose Stimme mit metallenem Festplattenakzent: »The person, you have called, is temporary not available ...«

So leicht gebe ich mich nicht geschlagen! Ich wusste

76

jetzt den Namen meiner alten Freundin: »Gertrud Stücker«. Und die Telefonnummer? Ich rief unverzüglich die Auskunft an. Aber auch nach längerer Suche war keine Gertrud Stücker ausfindig zu machen.

Ich wurde nervös. Ich konnte es nicht noch einmal dem Zufall überlassen. Ich weiß nicht, wie viele Jessicas und wie viele: »Hallo, ich bin's – aber ich bin's auch nicht ... Ich bin der fröhliche AB und meine Herrchen sind gerade Gassi ...« ich noch ertragen hätte. Keine!

Je mehr in mir die Spannung stieg, desto mehr konzentrierte ich mich auf die 16 mathematisch möglichen Kombinationen. Blödsinn, sie alle noch einmal durchzuwählen. Vielleicht sollte ich einfach versuchen, meinen Freund Burkhard anzurufen ...

Es war zwecklos, und ich gab enttäuscht auf. Burkhard wunderte sich, warum ich in der letzten Zeit so oft anrief.

Ich hatte nach einiger Zeit meine alte Telefonbekanntschaft vergessen, nein, nicht vergessen, eher verdrängt. Oft hatte ich in der Folgezeit noch eine »Jessica« oder die anderen falschen Verbindungen im Hörer, aber nie wieder die Stimme, die mir am meisten als so ausgesprochen menschlich erschienen war.

Ich habe nicht nur ein erstaunliches Gedächtnis, sondern auch die Gabe, selten Glück zu haben. Aber manchmal habe ich es! So habe ich mich vor einiger Zeit, ich wollte Burkhard anrufen, mal wieder verwählt.

»Stücker«, meldete sich eine ältere Dame. »Hallo, wer ist da?«

»Ich bitte tausendmal um Entschuldigung«, flötete

77

ich in den Hörer, mein Glück kaum fassend. »Immer wieder ich, der Sie stört«, erklärte ich ...

»Aber nein!«, kam es da leise und freundlich durch den Hörer, »Sie stören doch nicht, ich erkenne Sie an der Stimme. Sie haben schon einmal angerufen, stimmt's?«

»Ja«, ich versuchte, nach Worten zu suchen, »ja, tut mir leid, ich verwähle mich ab und zu, dann aber immer wieder, und so ...«

Ich kam mir entsetzlich blöd vor, mitten in der Nacht, am Telefon mit einer alten Dame, Alter mindestens achtzig!

»Ich war sicher«, brachte ich stockend hervor, »ich hätte die Nummer 2412 gewählt. Tut mir aufrichtig leid.«

»Jetzt hören Sie endlich auf, sich zu entschuldigen!«, antwortete die Stimme sanft. »Ich könnte mich genauso gut entschuldigen, dass ich Ihnen unentwegt in die Quere komme.« Sie lachte und fuhr heiter fort: »Sie haben tatsächlich die richtige Nummer gewählt, es ist also gar nicht Ihre Schuld.«

»Ihre Telefonnummer ist also wirklich die 2412?«, fragte ich schüchtern.

»Ja, junger Mann«, antwortete die freundliche Stimme im Hörer, weit weg – echolos! »Und außerdem freut es mich jedes Mal, wenn mich jemand anruft«, räusperte sich die alte Dame, »ganz gleich, wie spät es ist.«

»Aber wenn ich mich gar nicht verwählt habe, wieso ...?«

»Sie haben sich natürlich verwählt, wie fast immer.«

78

Sie schien ein vergnügtes Lachen unterdrücken zu müssen. »Nur bei mir haben Sie immer die falsche Vorwahl genommen, die Nummer stimmte schon.«

Ich war entwaffnet und sprachlos. Ich brauchte auch nichts mehr zu sagen, denn die Leitung war unterbrochen. Hatte sie etwa aufgelegt? Dieser Gedanke ließ mir keine Ruhe. Sofort versuchte ich zurückzurufen. Eigentlich wusste ich jetzt alles. Sie hieß Gertrud Stücker und wohnte nicht in Bönen ...

Resigniert ließ ich den Telefonhörer in die Ladestation sinken und beschloss, mir am nächsten Morgen ein Telefonregister zu kaufen.

An meinem Telefon klebt seit einiger Zeit ein kleiner Zettel. Darauf stehen fünf Telefonnummern. Die von Burkhard ist auch dabei, obwohl ich die ja auswendig weiß.

Ich habe ständig Angst davor, und ich ertappe mich dabei, dass ich absichtlich Zahlendreher wähle – und dann habe ich immer Burkhard am Apparat!

Im Internet gibt es insgesamt 551 »G. Stücker« in Deutschland. Ich habe beschlossen, sie nicht alle anzurufen.

Es geht mir nicht aus dem Kopf! Dass sich jemand freut, wenn er nachts um 1 Uhr aus dem Schlaf gerissen wird. Jemand, der sich dann auch noch bedankt und sich entschuldigt, »in die Quere gekommen« zu sein ... und alles in einem sanften und freundlichen Ton!

Ich musste diese Person kennenlernen, sie ausfindig machen!

Ich wusste, die alte Dame wohnt nicht in Bönen, das konnte mir schon einmal weiterhelfen. Und ich wusste ihren Namen und dass es mit diesem Namen nur noch weitere 550 andere »G. Stücker« gab. Ich rief unverzüglich Burkhard an. Er war auch gleich am Apparat.

»Warum rufst du in letzter Zeit eigentlich immer um Mitternacht an?«, brüllte er durch den Hörer und knallte selbigen irgendwohin.

Ich überlegte kurz: Das konnte ich ihm keine 550-mal zumuten ...

Ich weiß bis heute nicht genau, wie oft man sich verwählen muss, um die richtige Person zu erwischen, vor allem, wenn man ein so erstaunliches Gedächtnis für Telefonnummern hat wie ich. Ich habe es tatsächlich irgendwann geschafft, mich noch einmal derart zu verwählen, dass ich die alte Dame, Frau G. Stücker, am Apparat hatte.

Diesmal war ich hellwach und auf der Hut: »Oh, entschuldigen Sie bitte, falsch verbunden, habe ich da nicht Bönen?«

»Nein, junger Mann«, erwiderte die freundliche Stimme, »immer wieder Sie! Hier ist nicht Bönen, ich wohne in Unna-Hemmerde.«

Jetzt hatte ich sie – jetzt war alles klar! Nicht 02383 sondern 02303 – so einfach!

Sofort griff ich das Gespräch wieder auf: »Es tut mir wirklich leid ...«

Aber die nette Stimme am anderen Ende des Telefons fiel mir diesmal lieb, aber energisch ins Wort: »Schluss jetzt! Ich habe mich jedes Mal über Ihren Anruf gefreut. Es ruft ja sonst niemand mehr an.«

Im Laufe des weiteren Gesprächs erfuhr ich noch so einiges von ihr, und auch ich erzählte ihr viel von mir und meinem Leben. Als hätten wir uns schon jahrelang gekannt. Das Telefonat dauerte bis in die frühen Morgenstunden, und meine Frau fand mich tief schlafend und laut schnarchend über den Schreibtisch gebeugt vor.

An diesem Morgen ging ich nicht zur Arbeit. Übernächtigt, schlaftrunken und wie in Trance fuhr ich nach Unna-Hemmerde. Ich kannte Hemmerde. Ein kleiner Vorort von Unna. Es sollte mir nicht schwerfallen, dort jemanden ausfindig zu machen. Jetzt, wo ich wusste, dass die alte Dame in dem kleinen Dorf wohnte. Ich ging zur Poststelle im Edeka-Markt. Sicherlich hatte man hier von der alten Dame schon gehört. Fehlanzeige! Hier war niemals Post für sie angekommen. Man verwies mich an eine Pflegepension für Senioren. Dort fragte ich den Hausmeister: »Entschuldigen Sie die Störung, wohnt hier eine Frau Gertrud Stücker?«

Zuerst hielt der Hausmeister bewegungslos inne, ohne zu antworten, dann trat er in Zeitlupentempo einen Schritt zurück und musterte mich von oben bis unten.

»Sie sind wohl nicht aus dieser Gegend, junger Mann?«, fragte er. »Die alte Frau Stücker wohnt seit mehr als einem Jahr nicht mehr hier!« Verwundert schüttelte er den Kopf: »Sie ist verstorben! Haben Sie Frau Stücker gekannt? Sie lebt nicht mehr – tut mir leid!«

»Aber ich habe doch«, versuchte ich zu erklären, hörte aber im selben Moment, dass kaum ein Laut aus meinem Mund drang, »ich habe doch gestern noch mit ihr telefoniert.«

81

Der Mann zuckte mit den Schultern und meinte: »Vielleicht können Sie ja mit den Toten reden – rufen Sie die Frau Stücker doch an!«

Es folgten noch unschöne Bemerkungen über meinen Geisteszustand, aber die hörte ich nicht mehr. Ich ging unverzüglich nach Hause. Zur großen Verwunderung meiner Frau schloss ich mich, ohne ein Wort zu sagen, in meinem Zimmer ein und griff zum Telefon. Ich wusste jetzt ihren Namen, wo sie wohnte und hatte am Telefon schon mit ihr geredet. Ich rief sie an.

Es dauerte eine Weile, und ich dachte schon, Burkhard würde sich jetzt melden. Dann knackte es in der Leitung, und eine metallen klingende Computerstimme schepperte: »The person, you have called, is temporary not available. Please call again later.«

Hannes, der Leuchtturmwärter

In einem kleinen Dorf an der Nordseeküste, schon ganz in der Nähe zu Dänemark, früher noch ein Fischerdorf, konnten sich die Menschen noch lange Zeit an einen kleinen Jungen namens Hannes erinnern. Er war mit seinen Eltern dort hingekommen, um Urlaub zu machen, als er gerade mal groß genug war, um an den Lichtschalter zu gelangen und allein das Licht an- und auszuschalten – was er dann auch stundenlang tat.

Hoch oben im Norden, wo immer eine steife Brise weht, wo das Meer nicht durchsichtig und lieblich dahinplätschert, sondern grau und zornig auf das Land zuzischt, hatten sie sich auf einem Bauernhof ein Zimmer gemietet.

Hannes war hellauf begeistert – da waren Schweine, die sich den ganzen Tag dreckig machen durften, ohne dass die Mama schimpfte. Meckern taten hingegen die Schafe, die nicht wollten, dass Hannes auf ihnen ritt. Und dann waren da noch die Ponys – eines süßer als das andere. Und Hannes rechnete sich aus, wie viele Ponys wohl in Papas Auto passen würden. Wenn er sie gut versteckte, könnte er ja mindestens acht von ihnen mit nach Hause nehmen ...

Aber der Urlaub an der Nordsee sollte noch spannender werden. Eines Morgens fuhren seine Eltern mit ihm an den Hafen und kletterten auf einen richtigen alten Fischkutter.

»Na, mein Jung«, begrüßte ihn der Kapitän und streckte ihm eine viel zu große Hand hin. »Dann wollen wir mal loslegen. Leinen los!«, brüllte er, und an Land warf ihm jemand die Taue zu.

»Wenn das mal kein Pirat ist«, dachte Hannes, »in seinem früheren Leben war der bestimmt mal ein blutrünstiger und böser Pirat.«

Aber auch gefährliche Bösewichter und Piraten haben von Zeit zu Zeit gute Laune, und so zeigte der alte Haudegen seinem kleinen Passagier eine Menge toller Dinge. Einmal ließ er die Maschinen stoppen, ging auf den kleinen Hannes zu und reichte ihm ein Fernglas. »Da, schau mal«, sagte er freundlich, »guck mal da durch – da drüben auf der kleinen Insel im Meer, siehst du die?«

»Ja, ich hab sie«, rief Hannes freudig, »ich sehe die Insel – aber was ist das?« Er sah durch das Fernglas, dass sich dort auf der Sandbank etwas bewegte, Genaueres konnte er noch nicht erkennen.

Der alte Seebär musste lachen. »Das sind Seehunde, mein Jung, eine ganze Herde.«

Der kleine Hannes hielt noch immer das Fernglas in den Händen und schaute dabei immer weiter nach rechts, die ganze kleine Insel entlang. Plötzlich hielt er inne. Krampfhaft versuchte er, das Fernglas auf dem schaukelnden Schiff ruhig zu halten. Er drehte vorsichtig an dem kleinen Rädchen, um das Bild schärfer zu bekommen. Mit gespreizten Beinen, wie ein richtiger Seemann auf hoher See, stand Hannes auf dem

Schiff, und was er durch das Fernglas sah, faszinierte ihn derart, dass es den Rest seines Lebens beeinflussen sollte.

Am Ende der Insel, schon fast im Meer, stand auf einem Felsen ein gestreifter Turm. Mit wunderschönen roten und weißen Streifen.

Stark und mächtig trotzte er den heranbrausenden Wellen. Gischt schäumte wild auf, aber ihm, dem Turm, konnten die Wellen nichts anhaben. Das Wasser klatschte nur so an seinen festen Rumpf und fiel dann wieder in tausend kleinen Spritzern enttäuscht zurück ins Meer. Entmutigt zogen sich die Wellen für einen kurzen Moment zurück – als besprächen sie sich für den nächsten Angriff –, um dann, mit geballter Kraft, wieder auf den Turm loszujagen. Der aber ließ sich nicht das Geringste anmerken. Er wackelte nicht mal – keinen einzigen Millimeter wich er zurück. Unbeirrt und stolz trotzte er den Angreifern.

»Ooooh«, seufzte der kleine Hannes vor Bewunderung, »ist der schön!« Und als hätte er plötzlich gar keine Angst mehr vor gefährlichen Piraten, schrie er gegen den Wind auf den ahnungslosen Kapitän ein: »Da will ich hin! Bitte, bringst du mich zu dem Turm? Bitte, bitte!«

Aber alles Flehen und Betteln half nichts. Der Kapitän war wieder in die Rolle des bösen Piraten geschlüpft und verwehrte der Mannschaft gehässig jeglichen Landgang.

»Nö, mein Jung«, grummelte der Kapitän, »das geht man nun eben mal nicht so. Dafür ist die See doch zu rau, da kann man jetzt nicht anlegen. Sind viel zu viele

Klippen und Felsen vor. Musste mal mit deinem Vater reden, wie er dich da hinkriegt.«

Der Vater hatte es nicht hingekriegt!

Es war ohne Sondererlaubnis überhaupt nicht dort hinzukommen, was Hannes dann auf die glorreiche Idee brachte: »Dann werde ich eben selbst ein Leuchtturmwärter. Dann kann mir keiner mehr was verbieten! Ich werde schon auf einen Leuchtturm kommen – sollt ihr mal alle sehen!«

Wer den Hannes nicht gekannt hat, weiß nicht, was es heißt, einen Dickkopf zu haben oder mit dem Kopf durch die Wand zu wollen – bei Hannes traf beides zu. Er fragte, nervte und bohrte mit seinen Fragen so lange alle Leute, bis man ihm zögernd Auskunft gab. Leider wussten auch die anderen nicht gerade viel über Leuchttürme und den Beruf eines Leuchtturmwärters. Er aber hatte nun einmal beschlossen, Leuchtturmwärter zu werden. Er wollte sich, wie der Turm, nicht beirren lassen. Stark und fest würde er der Brandung trotzen. Keiner sollte ihm etwas anhaben können!

Am letzten Tag des Urlaubs war der Vater noch kurz in ein Souvenirgeschäft gegangen und mit einem in Geschenkpapier eingewickelten länglichen Kästchen wieder herausgekommen.

»Das ist für dich, Hannes«, sagte der Vater. »Du darfst es aber erst zu Hause aufmachen.«

Eine Autofahrt ist eh schon lang und langweilig, noch schlimmer wird die Fahrt, wenn man auf das Auspacken eines Geschenkes warten muss. Endlich zu Hause angekommen, riss Hannes hastig das Papier und den Pappkarton auf und jauchzte vor

Freude: »Ein Leuchtturm! Genauso wie meiner am Meer!«

Er war aus Porzellan und hatte hinten eine kleine Öffnung, in die hinein man ein Teelicht stellen konnte. Von nun an leuchtete jeden Abend im Kinderzimmer ein kleiner Leuchtturm. Und nicht nur im Kinderzimmer – auch als Hannes kein kleiner Hannes mehr war, sondern ein Hannes eben, hütete er den Leuchtturm wie seinen Augapfel. Er nahm ihn überall mit hin und jeden Abend bekam der Turm sein Teelicht.

Es vergingen viele Jahre. Und ungefähr 5110 (365 x 14) Teelichter später besuchte Hannes tatsächlich eine Schule, auf der man zum Leuchtturmwärter ausgebildet werden konnte. Es war nicht so einfach, wie man sich das vielleicht vorstellen mag. Es geht nicht nur darum, ein Licht im Turm abends an- und morgens wieder auszumachen. Hannes hatte sich beim Bundesamt für Seeschifffahrt und Hydrographie angemeldet und lernte viele interessante Dinge. Er musste ein Flaggenzertifikat erlangen, musste in dem Fach Wetterkunde Prüfungen ablegen. Es ging um Seekarten und Wellenlängen. Ein Funkzertifikat musste erlangt werden. Über wichtige Meeresdaten musste Hannes Bescheid wissen und über noch vieles mehr. Es ging um Erdmagnetismus und Gezeiten, Klima, Umwelt und vor allem um Notfälle auf See. Hannes hatte längst begriffen, dass ein Leuchtturm nicht nur etwas ist, was man im Kinderzimmer aufstellt und damit die Angst vor der dunklen Nacht vertreibt. Ein Leuchtturm ist für die Schifffahrt unentbehrlich – das Überleben von vielen, vielen Menschen hängt davon ab. Er ist eine wichtige

Orientierung für die Schiffe draußen auf hoher See. Hannes wurde sich der Wichtigkeit seines Berufes immer mehr bewusst, und umso fleißiger lernte er. Manchmal büffelte er bis spät in die Nacht und hatte am Morgen so kleine Augen, dass er oft scherzte, jetzt selbst einen Leuchtturm zu benötigen, um nach Hause zu kommen.

Aber am Ende wurden alle seine Mühen belohnt. Mit fleißigem Lernen und unsäglichen Entbehrungen hatte es Hannes eines Tages geschafft. Vor dem Ausschuss internationaler Leuchtturmwärter bekam er vom Bundesamt für Seeschifffahrt und Hydrographie sein Zertifikat.

Es dauerte nur ein paar Wochen, bis man ihm schriftlich sein neues Einsatzgebiet mitteilte. Hannes wollte es zuerst nicht glauben, aber man schickte ihn tatsächlich auf genau den Leuchtturm, den er zum ersten Mal mit seinen Eltern in den Ferien gesehen hatte.

Er wurde mit einem kleinen Boot zu dem Felsvorsprung gebracht. Dort stieg Hannes überglücklich mit seinem Seesack aus. Darin waren zuerst nur die wichtigsten Dinge für das alltägliche Leben, später sollte mehr gebracht werden.

Am Turm wurde er freundlich von dem alten Leuchtturmwärter empfangen: »Das ist ja denn mal schön«, rief er, »dass du mich ablösen kommst!« Dann umarmte er den Hannes so fest, dass dem fast die Luft wegblieb, klopfte ihm auf die Schulter und stieg in das wartende Boot. Hannes wurde ein wenig mulmig zumute, als er sah, wie das Boot ablegte und er nun allein hier zurückbleiben sollte. Aber dann dachte er schnell daran – wie in den letzten Jahren immer wieder –, dass er doch so sein wollte wie der Leuchtturm: unerschrocken, tapfer und stark – wie ein Fels in der Brandung.

Er drehte sich langsam um und musterte den Leuchtturm von oben bis unten. Diese roten und weißen Streifen, die es ihm in seiner Kindheit so angetan hatten, machten auf ihn immer noch einen merkwürdigen Eindruck. Ein Gefühl – ein Gemisch aus Alarm und gleichzeitig aber auch Sicherheit.

Stufe für Stufe erklomm er den Turm – seinen Turm. Jetzt durfte er ihn endlich betreten. Das, was man ihm vor geraumer Zeit, vor vielen Jahren, verwehrt hatte. Die Eisentreppe war schon unzählige Male mit dicker Farbe überstrichen worden, sodass alle Kanten abgerundet waren und man aufpassen musste, nicht auszurutschen.

Seine Wohnung war klein und nicht gerade luxuriös eingerichtet, aber Hannes war zufrieden. Hatte er doch alles, was er wollte.

Ganz oben im Turm, über seiner Wohnung, war noch ein Aufgang. Der führte zu einer Plattform mit einer runden Glaskuppel. Dort stand das Herz des Turms, das große Licht! Es war so hell, dass man sich vorsehen musste, nicht hineinzusehen, denn sonst wäre man auf der Stelle erblindet. Dieses Licht sorgte dafür, dass schon ganz weit draußen die Seeleute wussten, wo sie hinfahren mussten. Das Licht hatte eindeutige Merkmale. Es war nicht einfach nur an und schien vor sich hin. Wichtig war, in welchem Takt, in welchen Abständen es draußen auf dem Meer zu sehen war. Von

Weitem konnte man so erkennen, um welches Feuer es sich handelte – und wo es sich genau befand. Dafür wiederum gab es Seekarten.

Hannes war stolz auf seine Arbeit. Es gab den ganzen Tag viel zu tun. Und mehr noch nachts, denn dann fing die Arbeit eigentlich erst richtig an.

Oft stand Hannes stundenlang oben in der Glaskuppel und sah dem Lichtstrahl nach. Erst noch schön ordentlich gebündelt und hell, wurde der Schein allmählich milder und blasser, bis er sich, immer breiter und schwächer werdend, im Dunkel der Nacht verlor. Als würde er vom Meer still und heimlich aufgesogen und verschluckt.

»Wohin das Licht wohl geht?«, fragte er sich oft und in den letzten Jahren immer häufiger. »Wo hört es auf – wo ist es dann zu Ende ...?« Länger und länger blieb er des Nachts oben auf der Plattform stehen und schaute dem Licht nach. Die brennenden Fragen quälten ihn in zunehmendem Maße. »Wie weit kann man etwas von dem Licht sehen?«, grübelte er. »Was wird aus ihm, wo geht es hin? Und was ist dort? Dort, wo das Licht nicht mehr hinkommt«, dachte er sich, »muss es doch schrecklich dunkel und verlassen sein – man weiß doch dann nicht mehr, wie der richtige Kurs anliegt ...«

In der kommenden Zeit wurden die Fragen immer bohrender und zermürbender. Sie ließen dem Hannes keine Sekunde Ruhe mehr. Manchmal fragte sich der Leuchtturmwärter nicht nur, wo das Licht zu Ende wäre, sondern auch wann und wie ... Dann stand er wieder nächtelang draußen und verfolgte das Licht. Immer und immer wieder begann er zu suchen, vom

90

großen Strahler angefangen, dann Millimeter für Millimeter, dem Schein des Lichtes nachfolgend, bis hinaus aufs Meer, wo es sich letztendlich irgendwie verlor ...

Viele Jahre später, in einer ruhigen Novembernacht – das Meer war friedlich und ruhig –, platzte dem in die Jahre gekommenen Hannes der Kragen. Wieder hatte er stundenlang, wie schon in den letzten Jahren täglich, dem Lichtstrahl hinterhergesehen. Ohne Resultat! Er hatte nicht wenig Rum getrunken, als sich der alte Mann entsann, dass es auf der Felseninsel noch ein Beiboot gab. Es lag bäuchlings an einer schweren Eisenkette, unten, neben dem Eingang des Turms.

»Jetzt komm ich!«, rief der Alte in die Nacht. »Wollen wir doch mal sehen, wo du hingehst, du Licht! – Wirst es wagen, dich vor mir zu verkriechen? – Jetzt komm ich mit!«

Seine Beine trugen ihn kaum, als er das kleine Holzboot losband und zu Wasser ließ. Dann stieg er ein und ruderte los.

Immer dem Lichtschein seines Leuchtfeuers hinterher. Er ruderte und ruderte, dass er vor Erschöpfung nur so keuchte.

»Ich bin ein Leuchtturm!«, schrie er die Wellen an. »Ihr könnt mir nichts anhaben!«, und ruderte im Schein des Leuchtturms weiter und weiter. Von Zeit zu Zeit drehte er sich um, sah das Licht, das er jahrelang gehegt und gepflegt hatte, legte sich weiter beruhigt in die Riemen und rief in den Wind: »Bis hierher also kann man dich sehen, so weit weg von mir bist du also immer geflogen!« Er fing laut an zu lachen. »Vor mir geflohen vielleicht? Werd dich gleich einholen, du ... Ich überhole dich gleich!« Er blickte, während er wie ein Besessener weiterruderte, über die Schulter nach hinten. »Bist ja immer noch da!«, rief er. »Jetzt rennst du mir wohl nach, wie? So wie ich es jahrzehntelang mit dir gemacht habe ...?«

Es war in dieser Nacht stockfinster auf dem Meer. Kein Mond beleuchtete die weißen Schaumkronen, die sich um das einsame kleine Boot mit dem alten Mann versammelt hatten. Der ruderte verbissen weiter, drehte sich von Zeit zu Zeit um und schrie dann etwas in die finstere Nacht, das sich anhörte wie: »Hört das denn hier nie auf? Du bist ja immer noch da! – Wo hörst du denn endlich auf?«

Die Kräfte des alten Leuchtturmwärters ließen langsam nach, er fühlte sich schwächer und schwächer. Aber er ruderte mit dem Lichtschein um die Wette und gab nicht auf. Er wollte wissen, wo der Schein seines Leuchtfeuers verschwindet.

Irgendwann dann drehte er sich wieder einmal um und erschrak zu Tode: Es war tiefschwarze Nacht um ihn herum. Kein Lichtschein zu sehen. Er konnte die eigene Hand vor den Augen nicht erkennen – er spürte sie nicht mehr! Auch nicht die Ruder, die er doch gerade noch in den Fäusten gehalten hatte. Er drehte sich verzweifelt nach allen Seiten um. Nichts mehr zu sehen! Noch nicht einmal das Wasser glänzte. Man konnte es auch nicht mehr plätschern hören ... Es war totenstill um ihn herum.

»Hier«, fragte sich der alte Mann, »ist es also? Hier,

wo mein Licht verschwindet? Warum habe ich es denn überhaupt so genau wissen wollen?« Völlig leer ließ der alte Hannes die Arme sinken. Er spürte, wie das Boot auf den Wellen lautlos forttrieb. Er war zu müde, noch weiter gegen irgendetwas anzurudern. Er ließ sich treiben – wohin auch immer.

Er hatte die Augen fest verschlossen. Aber plötzlich spürte er durch die geschlossenen Lider, als hätte ihn irgendetwas gestreift – etwas wie ein sanfter Lichtstrahl. Vorsichtig öffnete Hannes die Augen. Weit in der Ferne, ganz weit hinten am Horizont, konnte er ein kleines weißes, sehr helles Licht ausmachen. Er rieb sich ungläubig die Augen, hatte aber keine Kraft mehr, die Ruder in die Hand zu nehmen und auf das Licht zuzurudern. Er ließ sich und das Boot treiben. Sie steuerten direkt auf das Licht zu.

»Wenn ich jetzt nicht hier wäre«, dachte Hannes, »würde ich sagen, das da ist ein Leuchtfeuer, Kennung: 2 Sec. Weiß-Rot …«

Als das Boot nahe genug ans Ufer getrieben worden war, hörte Hannes, der Leuchtturmwärter, wie jemand rief: »Hallo, Sie da! Hierher! Hallo, hören Sie mich?«

»Wo bin ich denn hier gelandet?«, wunderte sich Hannes. »Die können mich hier wohl kaum erwarten, wie?«

Am Ufer stand ein netter, ebenfalls älterer Herr. Er half, das Boot von Hannes an Land zu ziehen.

»Noch mal Schwein gehabt!«, lachte der alte Hannes. »Gut, dass ich dein Licht noch rechtzeitig gesehen hab – hätte sonst wohl nicht gewusst, wohin.« Dabei klopfte er sich seine nassen Kleider aus.

»Was machst du denn so spät noch draußen auf See?«, fragte der freundliche Herr.

»Na ja«, schnaubte Hannes verschmitzt, »ich komme von da drüben ... Wollte mal sehen, wie weit mein Leuchtturmfeuer so geht ... Bist wohl auch ein Leuchtturmwärter, was?«

»Ja«, nickte der alte Herr, »so kann man es auch bezeichnen«, und lächelnd fügte er hinzu: »So etwas Ähnliches ...«

Patient Fuhrmann

Das Wartezimmer war endlich fast leer. Nur ein Patient saß noch da und blätterte in einer der Illustrierten. Ich kannte ihn noch nicht, hatte ihn nur letzte Woche einmal kurz gesehen, als er sich anmeldete, für einen sogenannten Check-up. Er sei schon lange bei keinem Arzt mehr gewesen, aber jetzt wäre es ja mal Zeit, hatte er gesagt und dabei gelächelt. Er machte eine gepflegte Erscheinung und schien auch einen gewissen Grad an Bildung zu haben. Wie er sich gab, sich bewegte und wie er sich gewählt auszudrücken wusste, kam er dem Bild eines Universitätsprofessors sehr nahe. Seine recht langen, grauen Haare waren in leichten Wellen zurückgekämmt; er trug eine braune dicke Brille, und der graue Bart rundete das Bild ab. Gekleidet war er äußerst elegant – zum dunkelblauen Anzug trug er eine dazu passende dezente Krawatte.

Nun lagen alle seine Befunde, Laborergebnisse und auch die Röntgenbilder, einschließlich der Computertomogramme des Oberbauches und der Lunge, vor. Wir hatten Urin- und Stuhltest, zusammen mit den Laboruntersuchungen, schon letzte Woche gemacht. Bei der Durchsicht der Blutwerte waren mir einige von der Norm abweichende Werte aufgefallen, ich hatte aber beschlossen, erst die Bilder aus dem Röntgeninstitut abzuwarten.

Jetzt lag alles ausgebreitet auf meinem Schreibtisch. Ich blickte noch kurz auf seine Karteikarte. Er hatte tatsächlich einen Doktortitel: Dr. Michael Fuhrmann, und – ich hielt inne – am selben Tag Geburtstag wie ich. Er war nicht älter als ich! Umso schlimmer wurde jetzt der Druck in meiner Magengegend, als ich die Sprechanlage einschaltete und den Patienten Fuhrmann, direkt aus dem Wartezimmer, zu mir ins Sprechzimmer bat. Ich hatte wahrlich keine guten Nachrichten für ihn. Es waren diese Momente, die ich an meinem Beruf am meisten hasste, wenn ich der Überbringer von Hiobsbotschaften sein musste, wo ich doch selbst vor nichts mehr Panik hatte als vor infausten Diagnosen. Es klopfte an der Tür.

»Ja bitte!«, rief ich und versuchte locker zu bleiben. Ich wollte mir nichts anmerken lassen – nicht dass der Patient schon an meinem Gesichtausdruck erkennen konnte, wie es um ihn bestellt war.

Er trat ein und grüßte höflich: »Guten Abend, Herr Doktor, bitte entschuldigen Sie, dass ich noch so spät vorspreche. Sie haben sicherlich gleich Feierabend.«

Ich bat ihn, Platz zu nehmen, und – meine Verlegenheit überspielend, lachte ich: »Zeit muss man sich einfach nehmen, und das wollen wir jetzt auch tun. Wir haben Zeit, Herr Fuhrmann!«

»Sind Sie sicher?«, lächelte er zurück.

Überhaupt war mir sein Lächeln schon bei unserem ersten Treffen aufgefallen. Kein überhebliches, arrogantes Lächeln, nein, eher nur freundlich. Ein Lächeln, in dem Souveränität lag, nichts Albernes. Es strahlte Selbstsicherheit und Ruhe aus. Er schien auch nicht ungeduldig und angstvoll auf seine Resultate zu warten, nichts konnte ihn augenscheinlich aus der Ruhe bringen.

Umso einfacher machte er es mir jetzt. Ich legte die Befunde der Reihe nach vor mich und begann, ihm zu erklären, was alles vollkommen in Ordnung sei. »Die Blutwerte sind im Großen und Ganzen eigentlich gut«, erklärte ich. »Und Sie sind wirklich all die Jahre nie bei einem Arzt gewesen und haben sich nie mal durchuntersuchen lassen?«

Er schüttelte den Kopf: »Nein, habe ich nicht.«

»Wieso denn nicht?«, fragte ich mit ernstem Gesicht. »Wäre es nicht besser gewesen, Sie wären ein bisschen eher gekommen?«

»Sie wissen doch, Herr Doktor, wie das ist«, antwortete Herr Fuhrmann unbeeindruckt, »man findet immer eine Entschuldigung, nicht zum Arzt gehen zu können.« Und mit leiser Stimme, aber mir fest in die Augen schauend, fügte er hinzu: »Vielleicht steckt auch die Angst dahinter, es könne ja etwas bei den Untersuchungen herauskommen – etwas Unangenehmes – etwas Schlimmes.«

»Ja, das Gefühl kenne ich«, gab ich zu, nahm mir die nächsten Befunde vor und sagte: »Da sind in der Tat einige Sachen, die mir gar nicht gefallen – die kann ich Ihnen leider nicht verheimlichen.«

Ich schaute kurz von den Unterlagen hoch und sah in sein Gesicht. Er hatte sein Lächeln noch nicht verloren. Anscheinend völlig unerschrocken sah er zu mir hinüber.

Ich fuhr fort: »Bei den Blutwerten sind Auffälligkeiten, die die Bauchspeicheldrüse betreffen. – Keine Sorge«, versuchte ich beruhigend zu wirken, »alles noch nicht hundertprozentig. Müssen wir erst mal sehen.«

Ich wandte mich zu ihm und sah, dass er mir ohne jede Spur von Angst ins Gesicht schaute.

»Allerdings«, brachte ich nur mühsam hervor, »zeigen die Aufnahmen, das heißt das Computertomogramm, vom Bauch ebenfalls etwas, was uns Grund zur Sorge bereiten könnte.«

»Die Bauchspeicheldrüse also?«, fragte er mich mit fast gleichgültigem Ton.

»Warum sind Sie denn nicht bloß etwas früher gekommen?«, fragte ich ihn jetzt eindringlicher. »Hatten Sie denn überhaupt keine Beschwerden?«

»Eigentlich nicht«, antwortete er unbeirrt, »bis auf die Appetitlosigkeit in letzter Zeit.«

»Haben Sie in den letzten Monaten ungewollt an Gewicht verloren?«, fragte ich.

»Ja, ungefähr elf Kilo in den letzten drei Monaten.«

»Und dann sind Sie nicht sofort zu mir gekommen?«, fuhr ich ihn ziemlich barsch an.

Aber der Patient Fuhrmann lächelte mich freundlich an und gab höflich zurück: »Ich hab ja auch nicht viel gegessen – wegen der Appetitlosigkeit«, und mit leicht gesenkter Stimme fügte er hinzu: »Und außerdem hatte ich Angst vor der Wahrheit.«

»Das kann ich sogar verstehen«, gab ich unumwunden zu.

»Und wann haben Sie sich selbst das letzte Mal untersuchen lassen?«, fragte mich plötzlich und völlig unerwartet der Patient Fuhrmann. »Ihr Husten hört sich auch nicht gerade gesund an.«

Ich war konsterniert. Es lief mir eiskalt den Rücken hinunter. Schon mehrere Patienten hatten scherzhaft gesagt, ich solle doch mal zum Arzt gehen ...

»Ja, ich weiß«, gestand ich. »Aber wie es immer so ist, man findet nie die Zeit für sich selbst.«

»Und wie lange ist es schon wieder her?«, fragte der Patient einfach weiter, »dass Sie sich ein EKG haben machen lassen?«

Verblüfft starrte ich Herrn Fuhrmann an. »Jetzt lassen wir's mal gut sein«, wies ich ihn zurecht. »Wer ist hier Arzt und wer Patient? Jetzt kümmern wir uns erst einmal um Sie!«

Mir wurde immer unbehaglicher in meiner Haut – vor allem, weil ich, trotz eines Herzinfarktes vor einigen Jahren, keine weiteren Kontrollen hatte machen lassen. Aber wer war dieser Mensch, dass er sich erdreistete, mich auszufragen?

»Bei den jetzt vorliegenden Befunden«, wandte ich mich wieder seiner Patientenkartei zu, »müssen wir noch genauere Untersuchungen veranlassen, zum Beispiel ein Kernspinn. Auf jeden Fall, Herr Fuhrmann, würde ich Ihnen dringend raten, ins Krankenhaus zu gehen.«

Ich sah zu ihm auf. Er lächelte! Tatsächlich, er lächelte und sagte mit fester Stimme: »Auf keinen Fall – ich werde nicht ins Krankenhaus gehen! Nicht bei den Befunden! Es gibt keinerlei Therapie – bei Pankreaskarzinom. Das wissen wir beide.«

Ich war sprachlos, er hatte Pankreaskarzinom gesagt,

und bevor ich etwas einwenden konnte, klärte er mich auf: »Ich war vor langer, langer Zeit Kollege, kenne mich also aus. Zu Ihnen bin ich gekommen, weil Sie mich nicht kennen, weil ich mir Gewissheit verschaffen wollte. Aber jetzt zu Ihnen«, fuhr er fort, »Sie verstehen jetzt auch, wieso ich Sie gefragt habe, warum Sie nicht mal einen Kollegen aufgesucht haben.«

Ich fand im Moment nicht die richtigen Worte und stammelte: »Ich hab es mir ja immer vorgenommen – aber Sie kennen das doch, irgendetwas kommt immer dazwischen.«

»Vor allem, immer eine gute Entschuldigung!«, belehrte er mich. »Immer erst, wenn es zu spät ist, dann haben wir Zeit.«

Ich versuchte, mich zu sammeln, riss mich zusammen und versuchte zu scherzen: »Gut, dann komme ich demnächst zu Ihnen, Herr Kollege.«

»Sie haben eingangs gesagt, wir hätten Zeit«, antwortete der Patient Fuhrmann, »erinnern Sie sich?« Mit einem Räuspern sagte er dann leise: »Das glaube ich nicht.«

Er lächelte wieder sein ganz bestimmtes Lächeln, das mich von Anfang an so gefangen genommen hatte, und fügte hinzu: »Wir haben keine Zeit mehr – ich glaube, das wissen wir beide.«

Ich stand auf, ging um meinen Schreibtisch herum und auf ihn zu. Zusammen verließen wir das Sprechzimmer und die Praxis. Als wir draußen waren, lächelte ich auch ...

NEBEL – LEBEN

Es kommt mir so vor, als säße ich schon eine halbe Ewigkeit in diesem Zug, ein halbes Leben. Die Fahrt will kein Ende nehmen. Es dauert wesentlich länger als geplant.

Mein Buch habe ich schon fast zu Ende gelesen. Eigentlich hätten wir längst da sein müssen. Ich schaue durch das Fenster hinaus. Die gewohnte Landschaft rast an mir vorbei. Städte, vereinzelte Höfe, Wälder und Wiesen.

Ich lehne mich wieder zurück und versuche, weiterzulesen.

Aber ich spüre, wie müde mich das monotone, metallene Rauschen der Eisenräder auf den Schienen macht. Immer im gleichen Takt: Tet-tet, tet-tet, tet-tet.

Der Zug war von Beginn der Fahrt an nicht sehr voll. Ich habe trotzdem den Wagen gewählt, in dem die wenigsten Reisenden saßen. Aber jetzt scheint es, als wären im letzten Bahnhof auch die letzten Insassen ausgestiegen.

Ich bin allein im Zug. Ich schaue wieder hinaus. Ganz weit in der Ferne, am Horizont, sieht man die Berge. Es wird langsam dämmerig, und leichter Nebel legt sich über die Wiesen. Ich möchte mir ein wenig die Beine vertreten und gehe hinaus auf den Gang. Der gesamte Wagen ist tatsächlich menschenleer. Das Licht im Korridor flackert leicht und kommt mir schwächer und gelblicher vor als sonst. Dieses schwach gelbe Licht erinnert mich an meine Kindheit. Wenn ich mit hohem Fieber krank im Bett lag, schien die kleine Nachttischlampe auch so matt und nebelig gelb.

Ich öffne das Fenster einen kleinen Spalt, vernehme, wie das Geräusch des fahrenden Zuges lauter und höher wird. Ich entdecke mich, das heißt mein Spiegelbild, auf der Glasscheibe. Draußen ist es mittlerweile stockfinstere Nacht geworden. Auch der Nebel ist merklich dichter geworden. Ich kann – durch mein Spiegelbild auf der Scheibe hindurch – hinaus in die Dunkelheit blicken. Neben uns verläuft ein zweites Bahngleis. Matt angestrahlt von unserem Licht im Zug sieht es aus, als rase es in die Gegenrichtung und mein Spiegelbild mit ihm. Als stünden wir selber still und als wäre es das andere Gleis, mit dem von den Eisensträngen reflektierten Lichtschein, welches wieder zurückführe.

Mir wird kalt und ich gehe wieder in mein Abteil.

Auch dort ist es nicht wärmer. Ich fasse an die Heizung, sie ist kalt. Ich wende mich erneut meiner Lektüre zu, lange kann es ja nicht mehr dauern. Ich würde gerne wissen, wie spät es ist, aber leider ist meine Uhr stehen geblieben.

Mir fehlen nur noch wenige Seiten, dann habe ich das Buch zu Ende gelesen. Es ist mittlerweile bitterkalt geworden, und trotz meines Mantels beginne ich zu frieren. Wenn ich aushauche, sieht man die zu Nebel gewordene Atemluft.

Ich beschließe, mich zu beschweren, und gehe aus meinem Abteil hinaus auf den Gang. Dort ist es noch wesentlich kälter, eine Eiseskälte schlägt mir ins Gesicht. Auch kommt es mir vor, als führe der Zug jetzt schneller.

Durch den schwankenden und wackelnden Zug tapse ich zunächst nach hinten. Ich muss dabei von Zeit zu Zeit an den Wänden Halt suchen. Der Zug wird schneller und schneller. Es ist so kalt, dass sich eine dünne Eisschicht von innen auf die Fenster gelegt hat. Meine Beine werden von Minute zu Minute schwerer. Schritt für Schritt stakse ich an den allesamt verwaisten Abteilen vorbei, bis ich vor eine Waggontür stoße, die sich nicht öffnen lässt. Mit dem Ärmel meines Mantels reibe ich ein kleines rundes Loch ins Eis auf der Scheibe und versuche, hinauszublinzeln. Draußen ist pechschwarze Nacht. Man sieht gar nichts, bis auf ein kurzes, vom Nebel eingebettetes, matt silbern glänzendes Bahngleis, welches sich mit rasender Geschwindigkeit von unserem Zug entfernt. Das Nebengleis wird von dem dichten Nebel fast gänzlich verschluckt – nur schemenhaft kann man seine Konturen erkennen. Das ist also das Ende des Zuges. Bis jetzt habe ich noch keine Menschenseele getroffen, keinen Schaffner, keinen Zugbegleiter, keinen Kontrolleur.

Ich versuche es in der anderen Richtung.

Mein ausgehauchter Atem verdichtet sich vor meinem Gesicht unverzüglich zu weißem Nebel, meine Beine sind zu Eissäulen erstarrt. Bis zu meinem Abteil komme ich gut voran, dann beginnt das Deckenlicht immer häufiger zu flackern, manchmal geht es für einen kurzen Moment gänzlich aus. Ich taste mich weiter nach vorn. Der Zug scheint jetzt mit irrsinniger

Geschwindigkeit durch den Nebel zu rasen. Ich werde mich beim Zugführer beschweren.

Endlich sehe ich im schwachen, immer wieder aufflackernden Licht am Ende des Wagens jemanden sitzen.

Undeutlich meine ich, auf einem jener Sitze, die man aus der Wand klappen kann, eine Person ausmachen zu können. Je näher ich ihr komme, desto klarer wird mir, dass diese Person, die da zusammengekauert hockt, schneeweiß ist und vollständig aus Eis zu bestehen scheint. Vorsichtig stoße ich sie an. Geräuschlos fällt sie zu kleinen Eiskristallen in sich zusammen, und der Klappsitz schnellt in die Wand zurück.

Aus dem ehemals monotonen Tet-tet, Tet-tet ist mittlerweile ein ohrenbetäubendes anhaltendes Kreischen geworden. Ich möchte mir die Ohren zuhalten, kann aber meine Arme kaum mehr bewegen. Sie sind wie schwere Eisklötze. Trotzdem gelingt es mir, an das Ende des Wagens zu kommen. Die Tür ist verschlossen. Alles ist mit einer dicken Eisschicht überzogen. Wie schon am Ende des Zuges kratze ich auch hier wieder einen kleinen Spalt in das Eis und schaue hindurch. Vor diesem Waggon gibt es keinen weiteren mehr! Ich stehe eindeutig im ersten Wagen. Vor mir ist nichts mehr, keine Lokomotive, einfach nichts. Durch die vereiste Scheibe, die immer wieder sofort beschlägt, kann ich nur mühsam hinausspähen. Ich sehe andeutungsweise, wie ein Eisenbahngleis auf mich zurast und unter mir zu verschwinden scheint. Der Rest ist tiefschwarze Nacht und dichter Nebel.

Erschöpft schleiche ich zurück zu meinem Abteil.

Das Licht ist schließlich vollständig erloschen. Der Zug jagt wie eine schwarze Schlange mit unermesslicher Geschwindigkeit durch den Nebel.

Mit letzter Kraft schleppe ich mich in den Korridor und versuche, die Scheibe vom Eis zu befreien. Ich schaffe es, eine handtellergroße Öffnung ins Eis zu kratzen – erkenne wieder mein eigenes Spiegelbild auf dem Glas und blicke durch mich hindurch auf das Nachbargleis. Völlig unerwartet, mit einem unmenschlich lauten, schmetternden Knall, als durchbräche ein Düsenjet die Schallmauer, rast ein anderer Zug in Gegenrichtung an mir vorbei. Ich will um Hilfe schreien und winken, Zeichen geben, dass mit diesem Zug etwas nicht stimme, bekomme aber keinen einzigen Ton heraus. Der andere Zug ist hell beleuchtet, scheint allerdings auch menschenleer. Er rast an mir vorüber, mit seinen einzelnen hellen Fenstern, wie die aneinandergereihten Bilder eines Filmes, den man gegen das Licht hält, durch die Finger zieht und betrachtet.

Aber da plötzlich meine ich in dem anderen Zug, an einem der hell erleuchteten Fenster, für den Bruchteil einer Sekunde nur, einen Menschen stehen zu sehen. Dann ist alles vorbei.

Ich spüre keinerlei Kälte mehr, auch ist das schwere eisige Gefühl aus Armen und Beinen gewichen. Im Zug ist alles dunkel und totenstill. Ich beuge mich leicht vor und will aus dem Fenster sehen, dem anderen Zug nach, als ich unversehens von einem mächtigen Sog erfasst werde, der mich aus dem Zug hinaus in den Nebel zieht.

Allmählich kehrt von Neuem Gefühl in meine Glieder, und mir wird ganz langsam wieder wärmer.

Ich fahre zurück!